INK INK INK INK INK INK
NK INK INK INK INK INK IN
INK INK INK INK INK INK
NK INK INK INK INK INK IN
INK INK INK INK INK INK
NK INK INK INK INK INK IN
INK INK INK INK INK INK
NK INK INK INK INK INK IN
INK INK INK INK INK INK
NK INK INK INK INK INK IN
INK INK INK INK INK INK
NK INK INK INK INK INK IN
INK INK INK INK INK INK
NK INK INK INK INK INK IN
INK INK INK INK INK INK
NK INK INK INK INK INK IN
INK INK INK INK INK INK
NK INK INK INK INK INK IN
INK INK INK INK INK INK
NK INK INK INK INK INK IN
INK INK INK INK INK INK
NK INK INK INK INK INK IN
INK INK INK INK INK INK
NK INK INK INK INK INK IN

INK INK INK INK INK INK
INK INK INK INK INK
INK INK INK INK INK INK
INK INK INK INK INK
INK INK INK INK INK INK
INK INK INK INK INK
INK INK INK INK INK INK
INK INK INK INK INK
INK INK INK INK INK INK
INK INK INK INK INK
INK INK INK INK INK INK
INK INK INK INK INK
INK INK INK INK INK INK
INK INK INK INK INK
INK INK INK INK INK INK
INK INK INK INK INK
INK INK INK INK INK INK
INK INK INK INK INK
INK INK INK INK INK INK
INK INK INK INK INK
INK INK INK INK INK INK
INK INK INK INK INK
INK INK INK INK INK INK
INK INK INK INK INK

K INK INK INK INK INK INK
INK INK INK INK INK INK I
K INK INK INK INK INK INK
INK INK INK INK INK INK I
K INK INK INK INK INK INK
INK INK INK INK INK INK I
K INK INK INK INK INK INK
INK INK INK INK INK INK I
K INK INK INK INK INK INK
INK INK INK INK INK INK I
K INK INK INK INK INK INK
INK INK INK INK INK INK I
K INK INK INK INK INK INK
INK INK INK INK INK INK I
K INK INK INK INK INK INK
INK INK INK INK INK INK I
K INK INK INK INK INK INK
INK INK INK INK INK INK I
K INK INK INK INK INK INK
INK INK INK INK INK INK I
K INK INK INK INK INK INK
INK INK INK INK INK INK I
K INK INK INK INK INK INK
INK INK INK INK INK INK I

MAGIC 006

喝自己釀的酒

王莉民◎著

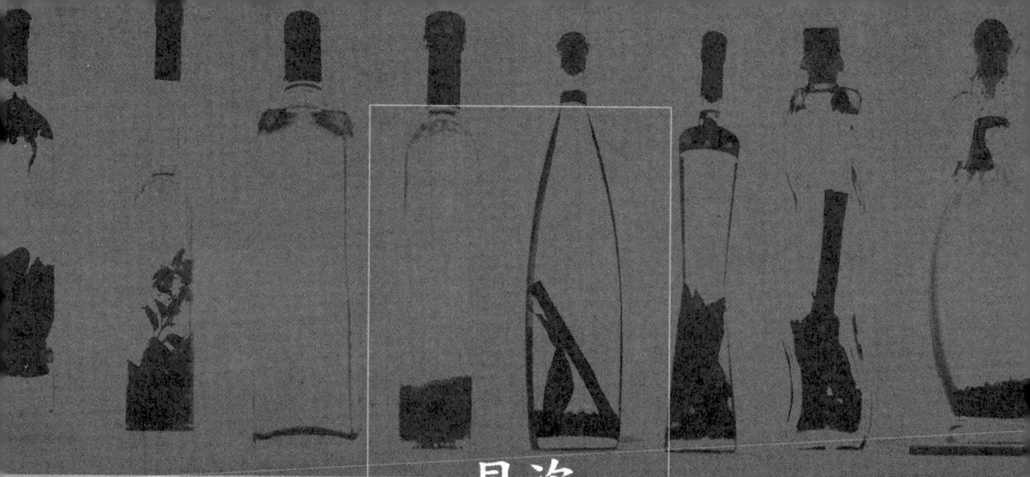

目次

《美容香花酒》

享受「家釀紅酒美甚」的樂趣

盧非易

說到喝酒，我從沒醉過；不是有酒量，是沒酒相；別人看我一臉沒法喝酒的樣子，從來沒打算灌我；就連光榮退伍，也因爲模樣無辜，輕輕逃過；若說自己灌醉自己，那實在沒必要。因此，算一算，從小到大喝的酒，加起來可能一罈不到。一罈不到的功夫，能有什麼品酒的能耐？只要不燒不辣，一口順喉，對我來說，就是好酒。酒評家喝得咂嘴咂舌的燒刀子、二鍋頭、二十一年奇瓦士，於我而言，都是自討苦吃。我是連海尼根都嫌辣的，頂好是喝白水一樣的可樂娜。

王莉民大姊寄來關於釀酒的書稿，囑我寫篇序。這可有點麻煩，以我這種可樂娜等級的水準，哪裡分得清這種那種釀酒補酒，又如何來評東評西？好生難爲之際，只能先硬著頭皮，翻開書來讀下去；豈知，一口氣嘩嘩嘩讀完倒是恍然大悟。原來，這書就是寫給我這樣的酒癡（酒白癡）看的。一方面簡白易懂，讀之津津有味；一方面眞是振作士氣，覺得釀酒簡單有趣極了，令人非常之躍躍欲試。

這書共分三冊，蒐錄了水果酒、糧酒、養生酒、年節酒、壯陽酒、美容香花酒的釀製方式。我自己對書中的美容香花酒特感興趣，沒有其他原因，純粹因爲製法簡單，顏色鮮美，過程又富情趣，頗似烹煮一壺花草茶，很有一番雅痞情調。例如桂花釀，幾兩桂花乾丟入甜酒釀中數日即可，不是比泡茶還更容易嗎？桂花換作蘭花，蘭花換作玫瑰，都同理可證。這本書的另一好處就在刺激讀者的想像力，正是「基本法則，一通百通」。一樣簡單易做的還有養生酒、壯陽酒。中藥鋪秤幾兩鹿茸、海馬，往燒酒裡一扔，一兩週就得自製威而剛。當然，補藥有補藥的分寸，太別出心裁可不行，還是老實多聽專家的話比較好。

釀製的酒似乎就複雜些。一則因爲風險較大，釀成酒或釀成醋，連專家都沒把握，何況我們；再者也因爲麻煩些，緩慢些，現代人可能比較沒那閒致工夫。不過，釀製酒的樂趣其實也是最獨特的。我自己就有過這樣的稀奇經驗。一九九二年，我剛回國教書時，年輕力盛，和學生一道去宜蘭旅行，在一家不知現在還在不在的農場裡，趕時髦採了一袋金桔回來。本想製作一些蜜餞嘗嘗，因此，一層糖，一層金桔地醃在玻璃罐裡。以後的幾週，常常在深夜，聽見窸窣窸窣的聲音，好像有另一些生命在房子裡頭活動著。十年過去了。那一罐金桔還在，淹沒在滿滿的咖啡色液體裡，打開蓋子，還挺香。

喝是不敢喝，所以不知滋味如何。但時間的甜美記憶全都封存在這個罐子裡了。

現代人往往忙碌得不知終日，年歲過去，全然不記得那些日子怎麼過的。因爲我們已經很少等待了，凡事速戰速決，最後也就忘了時間的價值。這本書裡說道「時間可改變很多事，也可以使人與事物變成熟。」我覺得這就是釀酒最高的境界與價值。

我喝過王大姊餽贈的自製酒，三式三味，一概溫潤爽口，完全符合我的美酒標準。詩有云：「慣飲茅柴諳苦硬，不知如蜜有香醪。」如果不是喝過自製酒，可能不知自製酒比坊間出品要柔和得多。這其中，用心當然是主要原因，還有書中所提的種種心得祕方，也是一絕。釀酒好壞，到底還是需要一些心得祕訣的。

舊人曾茶山也喜釀酒，酒成，還歡天喜地寫下一首〈家釀紅酒美甚〉戲作之詩，曰：「麴生奇麗乃如許，酒母濃華當若何，向人自作醉時面，遣我寧不蒼顏酡。」我初讀時，覺得此人眞是心滿意足啊，因此對釀酒樂趣也充滿了豔羨。只是，當時以爲釀酒恐非一般人所能爲，其中技術大有文章，凡人只有羡慕的分。如今，讀了此書，才知道，原來釀酒也是可以很容易的。或許，哪天風和日麗，我們也來照書比畫，享受一下這番「家釀紅酒美甚」的樂趣吧。

（本文作者爲政大廣電系主任）

自序

最近一班損友都叫我老妖怪，因爲我的第一本書《喝自己釀的酒》已經出版六年了，還在賣，或許是銷售成績不錯，一些書店仍把它放在醒目的位置，他們說我的書是千年不死，萬年不壞的妖怪書。

有這麼一個長命百歲的孩子，心中一則以喜，一則以憂。喜的是……也不用自誇了；憂的是，出第一本書我還是家庭主婦，經驗有餘，理論不足，很多是知其所然不知其所以然，對讀者交代得不夠清楚。釀酒二十多年來，手氣都不錯，幾乎沒什麼失敗，所以不知道失敗的原因。出書以後，走唱江湖，到處去教釀酒，班上的學員失敗的結果千奇百怪，我才開始研究原因。

爲什麼釀酒要用甕，造醋要用缸？酒精成分是COH，醋分子是COOH，進了空氣，多一個氧分子就變成醋。爲什麼雨天容易發霉？爲什麼溫度可能太冷或是太熱？最妙的是用自來水把米沖開比用冷開水好，因爲自來水有氯，可以作釀酒的催化劑……

經過五年的教學相長，我已經知道什麼樣的情況能釀出好酒，也把各種酒分門別類地整理出來，相信這才是一套完整的釀酒書。如果你看完這套書，應該能夠一通百通，身邊的任何食、藥、動物、植物都可以拿來釀酒或是泡酒。

我眞的很鼓勵大家「喝自己釀的酒」，除了一本萬利外，還有一個重要因素。外面量產的酒，爲了保證成功，一定要用純化過的酵母菌，口感很單純；家庭手工製造用的酒麴是未經純化過的，有很多雜菌，如果能釀成功，口感會豐富得多（當然小量製造是不太容易失敗的）。老劉打了一個比喻，說外面量產販售的酒口感像小提琴獨奏，自己釀的酒口感像交響樂，青菜蘿蔔各有所好，看你喜歡哪一種。

泡藥酒用什麼酒好？

武俠小說裡，有人受了傷，在醫療條件極差的環境下，眾人拿個酒葫蘆，含一口酒，噴在傷口上，這是最原始的酒精消毒殺菌法；酒與醫，從古自今就有著密不可分的關係。

醫字源自於酒，巫者用酒祭天、鬼、神，為人祈福消災袪病，醫者用醴（薄酒）及醪（濁酒）為病人治療。之後將動植物製成的藥材，泡在酒裡，做成藥酒給病人喝。中醫講氣血，大體說來補氣的藥材用酒帶，比用水煎服效果佳。

關於泡製藥酒，曾參考過許多古籍都載有方法及原則，大都說明最好用燒酒，即蒸餾過的白酒。有位精通醫術的長者，特別推崇泡藥酒用高粱或大麴，不止因為酒精濃度高，而且水質也較好。所以在我書中，名貴藥材泡酒，我都用高粱或大麴。

有些讀者反應說泡藥補酒，要用米酒，不能用高粱或大麴等太烈的酒，否則藥材會燒壞束起來，喝了補不到，沒有效果。甚至有位養鹿的讀者特別指出，泡鹿茸酒如果用高粱泡會束起來，他有十幾年泡鹿茸酒的經驗絕對錯不了。

對於上述的兩種說明，我仔細思考，得到自己的結論。依科學解釋，很多東西可以溶解在酒精中，卻無法溶解在水中，以此推論烈酒泡藥材，應該比淡酒更能泡得透。溶解是一種物理變化，原來的材料並不會變質，所以我不認為已經曬乾的藥材，用烈酒泡會束起來。

如果太烈的酒會把藥材燒壞束起來，有一種可能：藥材中仍有一些成分是活的，如孢子、微生物、活性菌類等，所謂燒壞、束起來，就是殺菌，把益菌也殺死了。但是乾的中藥材都經過烘烤或太陽曬，本身就沒有細菌寄生，還有什麼東西會被燒死或束起來？大自然的奧祕不是三言兩語就能道盡，或者高濃度的酒精把對身體無益的物質也溶解出來了，使我們喝了補酒而沒有補效，關於這點，並無法證實。

盡信書不如無書，我不敢說傳聞有誤。我自己泡藥材，自己喝，仍傾向用高粱、大麴，至於讀者諸君，可自由選擇。即使米酒也是蒸餾過的白酒，酒精濃度頗高，同樣有殺菌作用。

注：古書上用來泡藥酒的酒，無論白酒、燒酒、日本人所用的燒酎，或指明用汾酒、西鳳酒、茅苔酒、大麴等，均爲高酒精度的酒，即使紹興蒸餾出來的「紹燒」，酒精度也爲百分之四十上下，而一般米酒，酒精度則在百分之二十上下。

釀酒Q&A

Q：是否任何一種水果均可製水果酒，不同的水果酒其功效是否均不同？

A：當然不同，唯一相同的是喝多了都會醉！因為水果本身的成分及功效不同。

Q：若用砂糖代替冰糖，是否可以不煮成糖水直接放入缸中，其結果是否相同？

A：口感不同。吃完砂糖口裡會有酸味，吃完冰糖不會，所以砂糖釀的酒喝完口中較酸。

Q：是否每一種水果酒的發酵時間均需八十一天或者更久？

A：水果不同，發酵時間也有長短的差異，但八十一天差不多都已經發酵完全了。所以八十一天是比較穩當，更久更好。

Q：哪些水果製酒需搗碎、哪些需整顆泡製、哪些需剝皮、哪些毋需去皮、皮去不去功效有何異同？

A：吃皮的水果可不去皮，不吃皮的水果要去。水果越碎與酵母菌接觸面越廣發酵越快。

Q：夏天較熱是否適合製酒？

A：是，因氣溫較高發酵得比較快。

Q：需多久時間才能知道釀酒成功？

A：打開看時才知道。一般來說，釀好的話在酒甕外就聞得到香味。

Q：水果酒如何蒸餾？

A：買一個做蒸餾水的機器，把酒倒入蒸餾器，滴出來的就是蒸餾酒。

Q：什麼水果可做醋，什麼水果可做酒？

A：都可以，只是看做出來的好不好喝，受不受歡迎。

Q：何以酒麴的分量從一至三十斤水果皆相同？

A：因為酒麴是用作酒引子，把酒精引出來即可。

Q：酒麴是否必須磨碎？

A：對，接觸面較廣。

Q：如果大量製作，封裝時應注意哪些事項？

A：大量製作最怕雜菌生長，因此不能用酒麴，要用純化過的酵母菌。

Q：如何搭配不同的水果做酒？

A：不同水果的搭配，要自己感覺香味能不能互容。例如木瓜配鳳梨味道會很怪，鳳梨配香蕉大概還不錯吧！

Q：自己做過葡萄酒，有放糖，沒放酒麴，數日後瓶裡白泡沫很多，這是什麼現象？還可吃嗎？

A：是葡萄在發酵的現象，葡萄皮上有酵母菌，沒放酒麴會自行發酵，可以喝，但或許會變成醋。

壯陽酒

【禿雞酒】

禿雞散方子的配法其中三味是壯陽的，兩味是安神的，偏補而無洩，服用此方之前要把身體狀況調理好。

以前寫了一篇有關泡製壯陽酒的文章，結果反應熱烈，很多人來電問配方。那時我只知道去中藥店請中醫師配，後來讀了很多傳統的醫書，發現壯陽藥酒的方多如過江之鯽；在道家養生的仙方中，也只有少部分是吃了會變神仙的藥草，其他大部分都是在談採陰補陽之術。更有甚者，書中記載，如果一個男子一晚和十名年輕的女子交合而不洩就可以長生不老。不靠威而剛，不借外力能夠如此神勇，我想長命百歲也理所當然。

在道家的養生仙方中，以禿雞散最為神奇。禿雞散之名源自於蜀知縣呂敬大，在七十歲時已經「鳥不起」了，遇一郎中開一壯陽方給他，服食之後連生三子。因為需索無度，老妻受不了，把藥丟到後院，院子裡有一隻公雞把它給吃了，吃完後淫性大發，跳到母雞背上，不斷交配，興奮過度，把母雞背上的毛都拔光了，所以此方稱作禿雞散。

我研究過禿雞散方子的配法，簡單的五味藥，其中三味是壯陽的，兩味是安神的。中藥的配法講求君臣佐使，君是主，臣是制衡，佐是輔佐，使是帶路，也是俗稱的藥引子，其中少了臣和使，所以偏補而無洩，像這樣的方子，第一要身體夠好，第二在天氣太熱時不能吃，否則虛火上升，輕則越補洞越大，重則後果堪慮。所以我建議服用此方之前要先補底，把身體狀況調理好再補，因為服用禿雞散要用酒服，不如乾脆泡成藥酒，到冷天時慢慢飲用。

壯陽酒之一◎禿雞酒

◆材料：肉蓯蓉、五味子、兔絲、遠志各三錢；蛇床子四錢；燒酒五公升

◆作法：將所有藥材浸泡酒中半個月以上。

◆特殊療效：可以預防治療性無能及男人的五病七痛。立冬以後可飲，睡前一小杯三十至五十西西，立夏以後不可飲（只宜春、冬飲用，且要自冬至春）。

色後酒

古人說：「色前酒，活不久，色後酒，九十九。」
意思是說辦完事，喝杯藥酒睡覺，才是養生之道。

我們有一群女人，隔一陣子總要聚在一起吃個飯、聊聊天，加總起來約有三十人，每次聚會大約一半的人會到，彼此有的是同學，有的是同事，有的是牌友……，大家來自不同環境背景、年齡、十二生肖，個個身懷絕技，我們在一起談話的內容，除了老公小孩、家事、工作外，也談性。

其中一個是有執照中的醫師，平常我們這些人的小孩，有什麼疑難雜症，西醫看不好的，就跑去找她。那天她心血來潮，說要幫大家把把脈，檢測一下身體狀況。脈

把到其中一個，臉上露出曖昧的笑容，大家都好奇，問她怎麼樣，她說沒什麼，只說是氣血很旺而已。看她的笑容一定有什麼，一再追問，什麼叫氣血兩旺，她說：「氣血兩旺就是人家都累死了，她說我還要……」

從氣血兩旺談到生理需求，中國公式和西洋公式不一樣。中國公式是二十更更，三十夜夜，四十做禮拜，五十初一十五，六十逢年過節，七摸，八看，九嘆氣。西洋公式是2×9＝18，二十幾歲一週八次；3×9＝27，三十幾歲二週七次；4×9＝36，四十幾歲三週六次；以此類推。還有專門形容女人的：三十如虎，四十如狼，五十如金錢豹。大家一致的結論是：比實際情況多太多了。

每個人開始感傷時間飛逝，自己操勞過度，未老先衰，不符合標準，應該補一補。平常是藥補不如食補，這種非常時候還是覺得三十六味大補酒最快。

三十六味大補酒是千古名方，當然有它一定的功效，但是藥酒像人參一樣，將它特殊的喝法弄錯了，效果減半，或者受傷就划不來了。古人說：「色前酒，活不久，色後酒，九十九。」意思是說辦完事，喝杯藥酒睡覺，才是養生之道，如果把藥酒當春藥，今天春一次，以後就沒有春天了。我相信這個觀念很多人都弄錯了，以為事前喝藥酒會神勇些，很多錯誤的廣告，也誤導了消費者。

調理身體，不能急就章，一定要慢慢來。現代太多速食文化，許多人做事只顧眼前、講速效，其實很多事是強求不來的；有時候表面上立即有成，其實是把以後該有的提前呈現，將來可能要付出更大的代價。

每次釀一種酒，快則兩三個月，慢則一年半載，我抱著「不怕慢，只怕站」的心態，耐心地等。慢歸慢，只要每天能感到進步，還是很欣慰的。

壯陽酒之二◎色後酒

◆材料：三十六味大補帖一副、高粱一打。

◆作法：將藥材放入酒缸與高粱酒混合，浸泡半年以上拆封即可。

◆注意：1.三十六味大補帖從三千多元到萬餘元的都有，要找熟悉的中藥店才不會買貴了。很多通方大家都知道，藥材道不道地才是重點。

2.許多讀者來信問三十六味大補帖到底是哪三十六味，其實各中藥行的配方都不一樣，有的甚至到六十味，所以要泡此藥酒，最好到中醫師處把脈，問清體質，再由中醫師為你配藥。

◆特殊療效：補身體、補元氣，每天一杯，專心感受你的身體、體能各方面的進步。

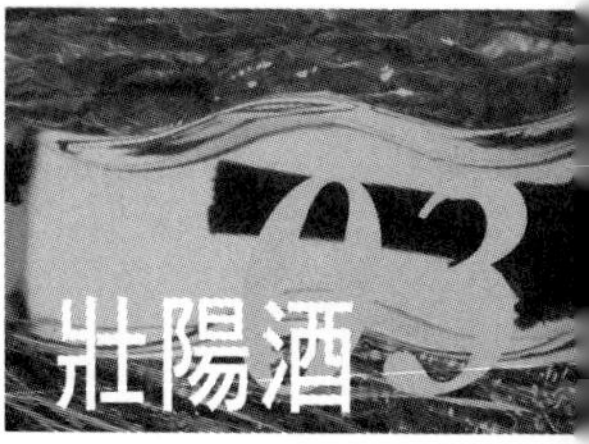

淫羊藿即是仙靈脾，虛弱時可熬汁服用，平常保養可泡酒飲用，是所有的壯陽酒中，採取最方便、最便宜的一種。

【仙靈脾酒】

最近威而剛大發神威，紅遍全球。在美國一粒售價八至十二美元，漂洋過海到了台灣，喊價一千五百至二千元，到處聽到有人在賣，有人在買，效果如何，只有使用者自己知道。據說此藥在行房前一至二小時服用最有效，而心臟病、糖尿病患者禁服，尤其是吃了硝化甘油的心臟病患，保證一吃斃命。

其實媚藥、壯陽酒，大部分是以平常保養為重，許多傳統的藥補酒效果可能更勝威而剛，而且具有健康、養生的功能。雖然藥酒有催情作用，但最好是行房後喝，培養下一次的實力。俗話說「色前酒，活不久，色後酒，九十九」，就是這個道理。

西方人拿小白鼠做實驗，有了幾個例證就振振有詞地誇耀其成就功效，而中藥是幾千年人親身實驗的累積，可信度更勝西藥。甚至有些珍貴中藥的配方，是師法大自然或動物本能尋找治病方法而得的靈感；例如雲南白藥，是獵人觀察兔子受傷後吃了些什麼藥草治癒而記錄下來的配方。

淫羊藿即是仙靈脾，《本草綱目》記載：「西川（四川省以西）有淫羊，食此藿，一日百遍交合。」所以在中藥中列為媚藥、催情藥。仙靈脾屬小檗科多年生草本植物，每一莖分三小莖，每枝小莖上生葉三片，所以在韓國稱三枝九葉草。仙靈脾遍生於山野，開白色或紫色小花，繖形花序，可作觀賞植物。每年夏天採取，採回來洗淨陰乾（不可太陽曬乾），全株可入藥。

仙靈脾酒即是將陰乾的淫羊藿切細，浸酒製成；虛弱時可直接熬汁服用，平常保養可泡酒飲用。所有的壯陽酒中，仙靈脾是採取最方便、最便宜的一種。

壯陽酒之三◎仙靈脾酒

◆材料：以一公升燒酒（高粱、大麴、二鍋頭等）泡三兩陰乾仙靈脾的比例準備所需分量。

◆作法：1.仙靈脾整株洗淨陰乾，切細。

2.將仙靈脾浸入燒酒中，不用加糖，一週即可開封飲用。

◆訣竅：很多人吃羊肉怕腥，其實沒有交合過的羊，肉一點也不腥。只是羊、驢、魚、龜、蛇是著名的五淫動物，要買到在室羊恐怕不太容易。

◆特殊療效：對於強壯、補精有奇效。至於神經衰弱、精力減退或胃弱也有效。睡前或行房後服用，三十西西即可。

04 壯陽酒

【壯陽酒王】

吃鞭補鞭，最補的不是常聽到的虎鞭、鹿鞭，而是小小的山獺、水獺，很多壯陽藥都以獺鞭為主。

中國人最講究吃什麼補什麼，吃皮補皮、吃腦補腦……大家都認同這種藥理常識。還有一項吃鞭補鞭，雖然不常聽人說，但大家是心照不宣。

吃鞭補鞭，什麼鞭最補呢?不是常聽到的虎鞭、鹿鞭，而是小小的山獺、水獺。鞭獺為哺乳動物，體長二、三尺，在古代即是頗負盛名的淫獸，若以現代人眼光而言，大概更勝花癡，很多壯陽藥都以獺鞭為主，再加一些陪襯的複方。

古書上說雄山獺在發情時，若找不到雌獸，會自己抱著樹木，精盡獺亡，枯死在樹上。在廣西山間，到了春天，猺族捕獺的婦女，結伴入山，山獺聞到女人的味道就會現身，撲到婦女身上抱住她，猺女就趁機把牠殺了，取其鞭，一枚可售純金一兩，若有抱樹而亡的，價更高。

和山獺半斤八兩的水獺，生長在江南水鄉。吳越少女在水邊洗衣，雄獺就會過來喝洗內衣的水，在婦女身邊流連不去，人們趁機用木棒把牠擊昏、擊死，而其勢堅挺，至死不痿，可見得山獺、水獺一族的淫性多麼堅強。

水獺的皮毛細長柔軟，是僅次於貂皮的名貴皮草。早年中藥店還買得到獺鞭，現在由於動物保護團體抗議，越來越難，但歐美許多皮草商已有自己養殖的水獺。市面上假貨不少，據說真正的獺鞭，放在婦女手掌上，曬乾的獺鞭會勃起，婦女掌心還會發熱，真是淫魂不散。如有人到廣西山間旅遊，有幸買到抱樹而亡的山獺鞭，一定要泡酒，長久保存，甚至可以傳家。

壯陽酒之四◎壯陽酒王

◆材料：獺鞭一條、燒酒四公升。

◆作法：浸泡一個月即可飲用。行房後飲三十西西一小杯。

◆訣竅：若長久保存，每隔三、五年可加一瓶燒酒，因為酒精會揮發。

◆注意：以前寫過一個三十六味大補酒，好多人都來問方子。這次寫山獺水獺酒也只是一個趣味和常識，若問我在哪裡可以買到獺鞭，恐怕是可遇不可求的。

壯陽酒 5

海馬在中藥裡最早是被用作催生藥，婦人生產時陣縮微弱，就服用海馬磨成的粉來催生。

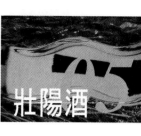

【海馬酒】

海馬是我小時候唯一養過的寵物，只有三天壽命。記得當時看了一部自然奇觀的電影，看到海馬在水裡一跳一跳地游著，覺得好可愛、好好玩；海馬繁殖時，從肚臍裡跑出來許多像螞蟻一樣的小海馬，以為海馬很好養，便花了半年的零用錢，買來一隻海馬，還買了一塊錢海水，放在塑膠臉盆裡，三天就死了。當時很傷心，之後就不再養寵物。

海馬在中藥裡最早是被用作催生藥，婦人生產時陣縮微弱，就服用海馬磨成的粉來催生，不知何時海馬由催生藥變成了催情藥，而且是雌雄合體，在交合中的海馬最有效、最值錢。聽說日本人是最色情的民族，現在看來我們的老祖宗也不差，能想到把雌雄合體的海馬研成藥粉，代入人的生殖機能中，這種「以形補形」是多麼聰明的方法，和平常說吃腦補腦、吃血補血有異曲同工之妙。

海馬在中國大陸沿海、台灣、福建、青島、海南島、山海關、北戴河等地都有出產，旺季在每年八、九月間。海馬為硬骨魚類，頭似馬，身似蝦，尾細長，全身披覆多角的骨質鱗。雌的個小色黃，雄的色青，個頭較大，全長二至三公分，繁殖力極強，是水中許多魚類的食物。在中藥裡當作壯陽藥，複方可在中藥店配成大補藥酒、壯陽藥酒，而僅海馬一味單方的海馬酒，簡單又有效。

壯陽酒之五◎海馬酒

◆材料：乾燥的海馬三對、燒酒一瓶（約七百西西至七百五十西西）。

◆作法：將海馬泡入燒酒中，一星期即可成。睡前或行房後服用，三十西西即可。

◆特殊療效：有興奮及促進性慾的作用。海馬倒是不難買到，一般中藥店都有，只是雌雄合體的海馬很少見。喝海馬酒可以夫婦一起喝，對男女都有好處；不一定要當作春酒，日常養生也是很好的。

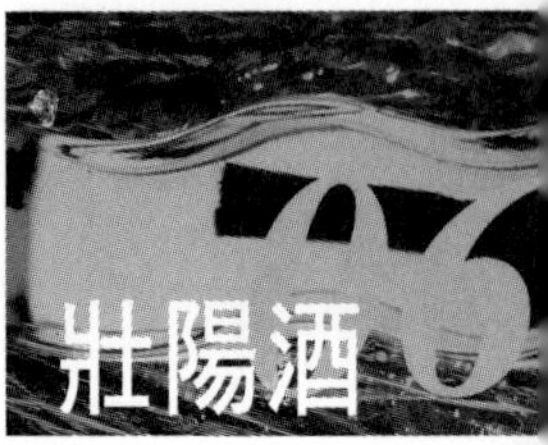

【山樝子酒】

很多薔薇科的植物都有滋陰補陽的功效，而且氣味芳香，其中山樝子和玫瑰最具代表性。

山樝子俗名木桃，又名鼠樝、猴樝，在西方被稱作犬薔薇，聽這些名字，就知道是生在山野的果樹。果實又酸又硬的山樝子很不好吃，只適合釀酒。

山樝子是薔薇科落葉灌木，高約二尺，莖上有針狀的樹枝，葉楔形，有鋸齒，春天新葉開白色的花朵，與蘋果花相似，果實圓而略扁，紅色或黃色，也與蘋果相似。藥用部分為果實，每年秋季採收，味酸，生吃可助消化。胃腸炎或食慾不振，以二錢山樝子乾二公升水熬汁喝，可恢復腸胃正常機能，疲勞、宿醉也可以喝山樝子水治療。煮魚時加山樝子調味不但可去腥，還可軟化魚骨，是中藥店裡很普遍的家常養生食物。

從前山楂子採集不易，釀製也困難，因此楂子酒在古代山屬於貴族藥酒。現在從西洋引進人工種植的犬薔薇，果實稱作薔薇果，即是山楂子，平常作為觀賞植物，所以比較普遍，採擷容易。很多薔薇科的植物都有滋陰補陽的功效，而且氣味芳香，山楂子和玫瑰最具代表性，買不到山楂子可以用玫瑰酒來代替；玫瑰花還有開心作用，心情煩悶時，喝玫瑰酒、玫瑰茶，不知不覺心情就好起來了。山楂子泡酒，一週就可以喝了，釀酒卻要用上半年時間。

壯陽酒之六◎山楂子酒

◆材料：新鮮山楂子一斤、蜂蜜五百公克、酒麴一個。

◆作法：1.將山楂子洗淨晾乾。

2.酒麴碾碎。

3.將晾乾之山楂子表皮用刀劃破，把蜂蜜及酒麴倒入酒缸中，加入約三百西西的水。

4.半年後濾出酒汁即成。

◆特殊療效：山楂子酒可消除疲勞、強精、強心，治療風溼症，藥效強，又有強精壯陽的功能。

◆妙方：酒渣可燒魚，做果醬。

壯陽酒

【蛤蚧酒】

蛤蚧眼足有劇毒，主要產地為廣西。入藥時雌雄兩用最靈，男人用雄，女人用雌。

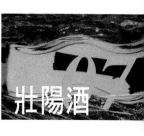

經過中藥店，櫥窗裡常看到一種很像蜥蜴，被木片撐開，只剩下一層皮的爬蟲類，這就是蛤蚧——古代帝王的最愛「興戰立陽丹」裡的主藥。望文生義就知道興戰立陽丹是什麼東西吧！不僅如此，傳說會放蠱的巫人，愛情蠱裡必有蛤蚧。

蛤蚧之名是由其交合時叫春得之。蛤蚧係脊椎動物，爬蟲綱蜥蜴目，平時很沉默，到了交尾時整天整夜的一隻叫「蛤」，一隻叫「蚧」噪聒不停。據說每年一聲；第一年蛤蚧叫一聲停一下，第二年蛤蚧、蛤蚧兩聲間斷一下……一直到第十三年，叫十三聲才停，久而有力是上品。蛤蚧在交配期不但噪聒，而且累日相交，雌雄兩體互抱，黏在一起，棒打不開，水淹不散。以形補形，古人相信牠有助陽益精之效，是性力的來源，尤其雌雄合體的蛤蚧，更是千金難買。

蛤蚧眼足有劇毒，主要產地為廣西，廣西梧州是最大集散市場。其他如廣東、雲南、貴州及東南亞地區也有出產，在處理蛤蚧時必須尾全而去頭足，要把眼及甲上、尾上、腹上的肉毛全部清乾淨；要特別小心不能傷及尾部，尾不全者無效。入藥時雌雄兩用最靈，男人用雄，女人用雌。

興戰立陽丹的主藥為蛤蚧，另外搭配石燒、陽起石、雌雄合體的海馬及全蠍，這個方子聽起來滿可怕的，怪不得古代荒淫的君主都短命，縱慾，又吃了一大堆毒物在體內，不早死才怪！蛤蚧又名守宮，武俠小說上看過處女的手臂上有一顆守宮砂，破了身就會消失，但不知道守宮砂是否和蛤蚧有關聯。

壯陽酒之七◎蛤蚧酒

◆材料：蛤蚧一對、高粱酒四瓶。

◆作法：將蛤蚧浸泡酒中封罐，放置暗冷處一年可飲。

◆注意：蛤蚧身懷劇毒，用起來要特別小心。一天不要超過三十西西，晚飯時飲用。

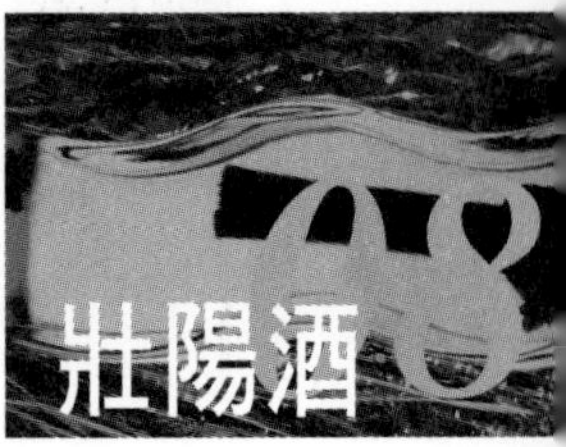

【鹿茸酒】

鹿茸含豐富的營養，不但能補骨血、益精髓，補男人也補女人，是一味可以從新婚喝到白頭的酒。

一般所謂道地藥材，大部分來自中國大陸，只有鹿茸是台灣土產的珍貴藥材。上好的鹿茸是梅花鹿的茸角，而梅花鹿正是台灣特產。

鹿為山中群居動物，性情溫馴，體態優美，聽覺、嗅覺靈敏。雌鹿無角，雄鹿在出生兩年後才長角，每年三、四月茸角開始發芽，剛長出來的茸角柔軟如茄子，外面包著一層皮，皮上有許多細毛，所以稱作鹿茸。五、六月是生長旺盛期，到了十月就已經角質化，茸毛也會脫落，變成堅硬的鹿角。第二年春天，硬角脫落，新的鹿茸再長出來，所以梅花鹿養殖場通常在六、七月採收鹿茸。

鹿茸含豐富的營養，主要成分為鹿茸精、碳酸氨、蛋白質、動物膠和強壯刺激素。鹿茸不但能補骨血、益精髓，補男人也補女人，是一味可以從新婚喝到白頭的酒。何況台灣產的鹿茸最好，泡鹿茸酒就地取材，是一種方便的養生法。

買鹿茸要選頂尖帶血的血柿茸，顏色紫紅、頂圓如饅頭才是上品。最好不要買已磨好的，因為真偽難辨。用小腸豬血假冒的鹿茸，煎煮後會有惡臭；正品鹿茸泡出來的鹿茸酒，酒色血紅，一看便知。鹿茸酒有單方複方，公賣局的參茸酒就是人參和鹿茸泡的單方酒，複方可以向熟悉的中藥房配製，自己泡鹿茸酒單方就很補了。

壯陽酒之八◎鹿茸酒

◆材料：鹿茸切片十片、燒酒一瓶。

◆作法：將鹿茸放在一瓶燒酒中泡十天即成。

◆特殊療效：雖然一般以鹿茸作壯陽藥，其實，鹿茸還能加速細胞新陳代謝，對於女人崩中漏血或赤白帶下都有明顯的治癒功能，鹿茸還能增強身體能力，促進心臟活動力，消除心臟肌肉疲勞，對於傷口化膿也有療效。睡前或行房後服一小杯約三十西西。

海狗腎酒

海狗腎包括海狗的陰莖連同睪丸，不是只有海狗鞭，學名為膃內臍，熱性極強。

海狗腎一直是有名的媚藥，以前捕殺海狗，違反動物保護法，激起國際人士抗議，所以很長一段時間，海狗腎價格越叫越高，也不能公開販售。現在瑞典政府公開標售海狗腎，早年大都是韓國人標走，把新鮮海狗腎密封冷藏賣到日本，日本人加工後賣給台灣。近兩年台灣的中藥商學聰明了，也去瑞典標海狗腎，所以有時在迪化街還能買到密封冷藏的新鮮海狗腎。

海狗腎怎麼會突然變成合法商品呢?因為海狗性能力極強，一隻海狗妻妾可多達二十幾隻，而瑞典海岸的雌海狗卻特別少，平均十隻公海狗才配到一隻雌的。在發情時雄海狗求偶爭鬥，死傷慘烈，戰敗的海狗橫屍遍野，而這些為愛犧牲的雄海狗，就成為瑞典政府的橫財。

不止海狗腎，海狗油也是很好的東西。愛斯基摩人吃的、搽的都是海狗油。海狗油比綿羊油更細、更滋養，所以愛斯基摩人在冰天雪地裡仍能維持皮膚不乾裂。有眼光的商人應該來投資海狗油製造化妝品，來保養皮膚。

海狗腎熱性極強，以前在大陸上，服食海狗腎大冷天也戴不住貂帽，可見得補得好，底子厚就不會怕冷。海狗腎是海狗的陰莖連同睪丸，學名為膃肭臍，不是只有海狗鞭。泡酒有單方和複方，複方在中藥店由中醫師調配，可放陽起石、巴戟天、肉蓯蓉、鹿茸、山茱萸、菟絲子等；單方就只用海狗腎一味。

壯陽酒之九◎海狗腎酒

◆材料：海狗腎一支（乾溼皆可）、燒酒四公升。

◆作法：海狗腎浸泡燒酒一個月飲用。

◆注意：立冬的時候，不妨煮一道新鮮的海狗腎紅燒或清燉，不但能補身體，還能禦寒。但是天氣不夠冷時千萬別吃，免得流鼻血。

◆特殊療效：海狗腎不但有刺激性腺、固精壯陽的作用，還能治療頭暈目眩及健忘多夢。睡前或行房後服用，約三十西西，夏日及正午忌服。

何首烏酒

何首烏就是我們常吃的川七，是一般常用的強壯藥，最常用於製藥酒。

看武俠小說的人，大概對何首烏都不會陌生。書中的主角若是被武功高強的惡人強大的內功震傷了五臟六腑，命在旦夕，必須用千年何首烏或天山雪蓮之類的東西來救命，往往會有人不辭千辛萬苦地去為他千里跋涉，找此救命藥；但若不是主角，就沒這種待遇了，只得令人惋惜地死去。這些珍貴藥材的極品的確難求，有些時候的確能起死回生，但一般等級的其實很普遍，平常養生是綽綽有餘了。例如，何首烏就是我們常吃的川七，只是沒有千年而已。

古方中的七寶美髯丹就是一種以何首烏為主的回春補精，長生不老的靈藥。一般人望文生義，只知道吃了七寶美髯丹，頭髮、鬍子會變黑回來，其實七寶美髯丹還大補男人。傳說唐世宗原無子嗣，名醫邵應節開七寶美髯丹給他服用後，生下數十皇子，邵應節與七寶美髯丹均因此而名揚天下。

何首烏為蓼科蔓草植物何首烏的塊根，李翺的《何首烏傳》中介紹說：「有何首烏其人者，生殖機能衰弱，在山中服此蔓草而變為強健，至百三十歲時尚頭髮烏黑，享百六十歲長壽。」最近聽說威而剛的服用者大部分為七十至九十歲的老翁，比起一百三十歲還是黑髮的何首烏，真是小「烏」見大「烏」。

何首烏是一般常用的強壯藥，最常用於製藥酒。以前川七很貴，尤其在日本料理裡，還當作山珍來賣。其實川七很好長，自己家裡種些川七，必要時再把根莖拿來做藥，不是很方便嗎?我就種了川七，而且根莖已有十年歷史，希望能世代相傳，將來子孫至少有百年何首烏可用。

壯陽酒之十◎何首烏酒

◆材料：何首烏四兩、砂糖五兩、高粱一千西西。

◆作法：1.將上述材料混合封入罐中，二個月後可飲。

2.複方可用二兩何首烏、當歸、枸杞、菟絲子各七錢、砂糖五兩、高粱一千西西，作法與單方同。

壯陽酒

冬天可用冬蟲夏草燉羊肉，夏天燉雞湯，男女老少補養滋益，而冬蟲夏草酒更是一味很好的色後酒。

【冬蟲夏草酒】

我一個朋友從大陸買了一盒冬蟲夏草，為了實驗功效，拿了四枝燉雞湯，喝得她老公晚上辦事特別賣力，竟然被蓆子磨破了膝蓋。第二天穿著短褲去打高爾夫，明眼人一看便知，大夥嘲笑他要愛不怕病，一把年紀了還這麼賣力！笑歸笑，冬蟲夏草的壯陽神效也就此傳開。

除了上述的實例，我家附近的楊婆婆，十八歲就吃長素，現在九十多歲了，精神矍鑠，看起來像六七十歲，她也每天吃冬蟲夏草，至今耳聰目明，頭腦清楚。還有大陸勇奪奧運金牌的馬家班，也給選手們長期食用冬蟲夏草。像這麼一味神奇的藥，強精強壯、滋陰補陽，一定要介紹給大家。

古書上說它冬天變化成蟲，躲在泥土裡；夏天變化成草，鑽出地面來。一會兒變蟲，一會兒變草，以為是宇宙造化之謎，其實它只是孢子植物寄生在鱗翅目昆蟲的幼蟲屍體上。最近市場上有賣新鮮的冬蟲，和真正的冬蟲夏草不相同。冬蟲只是一種植物長得很像毛毛蟲的樣子，而不是真正孢子植物寄生在鱗翅目昆蟲的屍體裡，所以效果也大不相同。

冬蟲夏草有香味，甜中帶酸，可入菜，目前已成為藥膳食物裡的珍餚，價格甚至比人參還貴。冬天可用冬蟲夏草燉羊肉，夏天燉雞湯，男女老少補養滋益，而冬蟲夏草酒更是一味很好的色後酒，晚餐時喝一小杯也不錯。

壯陽酒之十一◎冬蟲夏草酒

◆材料：冬蟲夏草八枝（肥大飽滿者為上品）、高粱或大麴一千西西。

◆作法：將冬蟲夏草浸入酒中，約二個月可飲。

◆特殊療效：冬蟲夏草在藥性上有保肺益腎、止血化痰的功效，尤其適用於老人畏寒、慢性咳嗽、氣喘、坐骨神經痛、腰膝疼痛、遺精、盜汗等症。

◆妙方：濾出的酒渣可燉羊肉或雞湯。

虎頭蜂酒

體型最小的虎斑蜂可解五臟六腑和奇經八脈的毒；台語叫雞籠香的可解腎毒；體型最大的是胡蜂，可解神經毒。

虎頭蜂有一陣子惡名昭彰，報上接二連三報導虎頭蜂殺人事件。長久以來，人類自以為是萬物之靈，往往以不平等的心去對待天地間其他的生物，造成其他生物對人類的緊張對立，那些被傷害的人固然無辜，但有許多意外是因為無知造成。

雖然虎頭蜂又毒又兇悍，但是長久生活在都市裡的人，每天呼吸著受污染的空氣，吃著被污染的食物和水，毒性比起虎頭蜂來，更是有過之而無不及。如果能善加利用虎頭蜂，以毒攻毒，也許能煉成金剛不壞之身，百毒不侵。

原以為虎頭蜂酒，只是江湖郎中走街叫賣的壯陽類酒而已。有位朋友得了肺腺癌，照鈷六十，頭髮都掉光了，每次化療過後，都像死過一次，人也奄奄一息了。他工廠裡，有個原住民工人送虎頭蜂泡酒給他喝，他太太問我好不好，老實講我也不知道，我只能說：「賭一下吧！很多山地人抽菸、喝酒、吃檳榔卻很長壽，虎頭蜂是很毒的東西，或許可以『以毒攻毒』。想開點，只是幾個月的時間，三天兩頭做化療也很痛苦……」沒想到他喝了一個多月虎頭蜂酒，吐出許多濃痰、濃得幾乎像結石。現在化療沒有做了，仍會咳嗽吐濃痰，病情雖然沒轉好，但沒惡化。

因為這樣，我也託人替我買虎頭蜂酒。找虎頭蜂酒的同時，我問過中醫、西醫、植物動物學者專家，得知虎頭蜂有三種：一種體型最小的虎斑蜂，可解五臟六腑和奇經八脈的毒；一種台語叫雞籠香的可解腎毒；體型最大的是胡蜂，可解神經毒，效果最好的是，剛由蛹中孵化出來的幼蜂。

回想起來，我那朋友真是好險又好幸運，如果當初他朋友給他的不是虎斑蜂泡的，而是胡蜂泡的酒，可能就沒有效了。我們常聽到許多民間偏方，因為沒有臨床實驗的統計，都是靠碰運氣，有人碰巧有效是他福大命大，無效的可能也很多，只有奇蹟才會廣為流傳。

如果有機會去阿里山、橫貫公路，不妨託原住民朋友替你買些虎頭蜂回來泡酒，或者到夜市的蛇店去訂購，要用大麴或高粱泡的效果比較好，米酒略遜。

壯陽酒之十二◎虎頭蜂酒

◆材料：剛孵出之虎頭蜂一窩、高粱或大麴十公升。

◆作法：將剛死之虎頭蜂泡在酒裡，密封一年才可拆封。

◆注意：我想虎頭蜂還是滿毒的，所以酒渣最好丟棄，不要捨不得，吃了會有什麼後果，我可不知道。

◆特殊療效：都市住久了，體內沈積的各種毒素均可清除，頭痛、腰痠、失眠、輕微感冒、四肢無力等文明病，都有顯著的效果。每天只需一小杯，任何時候皆可。

壯陽酒 3

【土龍酒】

土龍是活絡筋骨、暢通氣血、滋陰壯陽的上等補品，所以用在跌打內外傷及壯陽方面的人很多。

我母親幼年身體不好，外婆家養了一缸烏魚，每天用魚缸裡的水洗澡，傳說那種烏魚很孝順，所以她不吃無鱗魚。耳濡目染，我對於鱔魚、泥鰍、鰻魚……這一類的魚也是敬謝不敏。長大後，根據她的形容，她說的那種烏魚好像就是黑土龍。

土龍，這幾年很風行，可能和大陸海上農漁產交換有關：以前很貴、很小，現在又大又便宜。土龍是營養價值很高的補品，生命力之強，可說是世上絕無僅有。馬來西亞人賣土龍，上午殺了切成一段一段，到了下午一段一段的土龍還在動，令人除了害怕外，也對牠強韌的生命力感到震撼！

土龍生長在淡水與海水交界處，成長過程十分艱難，也非常不易捕捉，在大雨傾盆的時候才會出現。古代把野生土龍當作御用補品，目前為止，還沒發展成養殖業，產量仍十分稀少，野生土龍僅在東南亞及長江口生產繁殖；大陸、馬來西亞產的土龍，比台灣大上好幾倍。

因為土龍是活絡筋骨、暢通氣血、滋陰壯陽的上等補品，所以用在跌打內外傷及壯陽方面的人很多，而市面上有許多和酒服用的土龍丸，都摻一部分鰻魚代替土龍和其他中藥材，效果比純土龍泡酒差很多。

除了跌打外傷喝土龍酒，家裡有十五至二十歲的大男孩，長輩常會要他們吃一些行氣散、武功散、運功散之類的藥，倒不如讓他們喝土龍酒。土龍酒能滋陰壯陽，講白一點就是補男人也補女人，年輕夫妻到中老年夫妻都可以喝。但是，如果你不敢喝，就不要給你的另一半喝。

許多傳統市場的鮮魚攤，都可以訂購土龍，只要說明大約要一兩尺左右的土龍，不必考究牠的產地，顏色越深越黑的越純，土黃色的有腥味。

壯陽酒之十三◎土龍酒

單方

◆材料：土龍一尾、高粱或大麴一公升。

◆作法：將酒倒入酒缸中，活土龍直接放下去，半年後拆封即可。

◆特殊療效：跌打、車禍內外傷，可活血化瘀。至於其他的效果，還是你自己體會。

複方

◆材料：土龍一尾約一斤；高粱或大麴五公升；故紙花、枸杞、桑寄生、二仙膠、牛膝、川七、北杜仲、正春根、西歸、龜板、天麻、何首烏、一條根各三錢；油桂、桂枝各二錢。

◆作法：活土龍放入酒缸中再加藥材再倒酒，半年以上拆封飲用。

◆妙方：泡過酒的土龍可送至中藥店，委託製成單方或複方土龍丸服用。市售的土龍丸有些是摻鰻魚仿冒的，腥味重，效果也差，還是自己拿土龍到熟悉的中藥店配製比較可靠。

【蠍子酒】

蠍子體內所含的卵磷脂可以防止膽固醇在肝內沉澱，擴強血管，喝一點蠍子酒，有助打通血脈。

好友燕芬自美返國，相約一起吃飯。飯後到一棟大樓中的服飾店血拚，忽然聽到她大叫，原來是被蠍子咬到腳趾，而且立刻紅腫起來，痛得她要命。叫來救護車，送到中心診所他們不敢收，轉到台大，打了點滴又冰敷，折騰了半天又轉榮總，榮總毒物科竟然也找不到蠍子的品種和來歷，只能給她打抗生素，繼續觀察。雖然醫生一再說台灣的蠍子毒性很輕不礙事，但沒消腫以前，心中還是毛毛的，最後找來草藥郎中，放了六杯血才安心。

在我印象中台灣不產蠍子，即使有，大概都在深山裡，怎麼會在都市的大樓裡出現？很可能是走私夾帶進來的。現在很多人養寵物千奇百怪，變色龍、食人魚、巴西龜都破壞台灣生態，走私的人還只是為了好玩，回過頭來反省自己，每次返美也想偷帶一點刈包、芭樂之類的違禁品給孩子們吃，發生這事後，自我檢討決定以後再也不做這種事了。

蠍子、毒蛇、蜈蚣、壁虎、蟾蜍合稱為「五毒」，在中醫這五毒統統可以入藥。近幾年，大陸還有蠍子入菜，聽說可以壯陽，且讓人身輕體健、不畏寒……

蠍子的蠍毒是一種類似蛇毒神經性毒的蛋白質，有顯著的鎮靜作用。蠍子體內所含的卵磷脂可以防止膽固醇在肝內沉澱，擴強血管，減輕動脈硬化，促進生長。現代人吃多了甘肥厚味，又不運動，經絡不通，常常這裡痠那裡痛，可喝一點蠍子酒，有助打通血脈。

壯陽酒之十四◎蠍子酒

◆材料：蠍子、僵蠶、白附子各一錢；燒酒三千西西。

◆作法：1.蠍子洗淨用清水浸泡半天，取出曬乾。

2.曬乾後再用小火烘乾，烘至硬脆。

3.三種藥材磨成粉（可託中藥房代工）。

4.將藥材放入二千西西燒酒中泡半個月，倒出酒再加一千西西泡一個月。

5.二次泡過的酒混合在一起，一天喝三十西西。

◆注意：不可在中午喝，最好是早晚。

◆特殊療效：喝蠍子酒可以預防中風和心血管疾病。

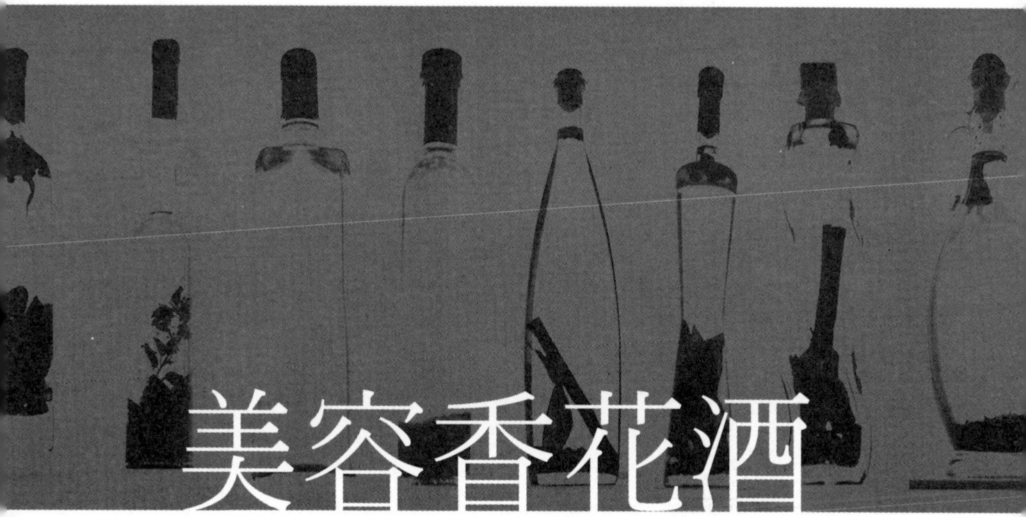

美容香花酒

【甜牛至】

生長濃密的甜牛至葉片氣味甜辣芳香，一直被當作高貴的烹調草藥，用於醬汁、肉類和利口酒中。

甜牛至和牛至從外表看起來、氣味聞起來，好像不怎麼相干，就像辣椒和甜椒，單看外表，也不容易聯想在一起，其實卻是同一國的。

甜牛至學名為馬約蘭花，唇形花科，多年生耐寒性草本植物。傳統中藥材及民間藥草裡沒有這種植物，它們是在南美洲、地中海或歐洲地區盛行，如同蒔蘿、迷迭香、薰衣草一類的草本植物，由於近幾十年西風東漸才傳到中國；我也是從花茶、精油和義大利、墨西哥食物中，才知道這類草本植物的。

生長濃密的甜牛至葉片氣味甜辣芳香，一直被當作高貴的烹調草藥，用於沙拉、醬汁、肉類和乳酪及利口酒中。泡茶飲用有助消化、平脹氣、治感冒頭痛、安神、調經的功能，所以花茶店有賣甜牛至茶，也常和迷迭香、薰衣草等摻和在一起。

甜牛至葉片中含有維他命A，葉片和花中蒸餾出來的精油是很好的抗氧化劑，可減緩皮膚老化，還有抗病毒、緩解痙攣的作用，也添加在化妝品中作為香料。

和薰衣草、迷迭香、蒔蘿等草本植物一樣，泡酒都要用水果酒，如用五穀雜糧酒泡出來的酒味道怪怪的。我泡甜牛至酒用蘋果或葡萄的二鍋頭，感覺都不錯。蘋果的二鍋頭顏色極清淡，蘋果的香味仍很明顯，加了甜牛至，酒色變得很漂亮。泡這種酒是一種好玩的嘗試，除了增添風味，主要是想把酒變得更漂亮，朋友們常說我泡釀的這類酒叫觀賞酒。

美容香花酒之一◎甜牛至

◆材料：甜牛至一兩、蘋果二鍋頭七百至七百五十西西、冰糖、酒麴。

◆作法：1.蘋果酒渣添加冰糖水、酒麴粉末。

2.冰糖水只要比平常喝的糖水稍甜，不用太濃，煮好後要放冷至攝氏四十度以下才可放酒麴。

3.約二個月後，釀出來的水酒即為蘋果二鍋頭。

4.濾出酒汁，約一個星期香味浸出後，就可以喝了。

蒔蘿酒

蒔蘿的氣味強烈，泡蒔蘿酒最好用水果二鍋頭，免得蒔蘿的香味和水果相沖，味道變得怪怪的。

每次經過印度人或東南亞民族人士的身邊，常會聞到一些奇怪的香味。這些熱帶地區盛產香料，當地人民也把各種香料塗抹在身上，或帶入食物中。蒔蘿即是印度香料的代表作。

蒔蘿為一年生草本植物，屬繖形花科，葉子藍綠色，細小如線，夏天開黃色的小花，種子為橢圓形，褐色的表面有稜紋，與小茴香相似，具有刺激的香味。蒔蘿的種子和細葉都是很好的調味料，可做出風味芬芳獨特的美食。蒔蘿未成熟的繖形花序有很多黃色的小花苞，可以醃漬做泡菜、釀酒、釀醋、拌沙拉，也是優酪乳、魚、牛、豬肉的調味料。

蒔蘿的種子不但香味強烈，也含豐富的礦物質，腎臟病人吃無鹽食物時，可用蒔蘿種子來改變食物的口味及香味。一般中藥裡用的行氣藥，多半為含特殊香味的藥材，蒔蘿即為一例。現代人用蒔蘿提煉的精油減緩治療胃腸疼痛，用蒔蘿種子煎煮過的水泡澡可強化指甲。

在台灣沒有生長蒔蘿，但現在花茶店中有添加蒔蘿、薰衣草等含香氣的草本植物泡製的花茶。因為蒔蘿的氣味強烈，泡蒔蘿酒最好用水果二鍋頭，免得蒔蘿的香味和水果相沖，味道變得怪怪的。

美容香花酒之二◎蒔蘿酒

◆材料：蒔蘿五錢、葡萄二鍋頭一瓶。

◆作法：1.將蒔蘿種子略為壓碎，浸入葡萄酒中，旋緊瓶蓋。
2.約浸泡一星期，香味與葡萄酒融合後，即可飲用。

◆注意：蒔蘿在進口草本植物專賣店可以買得到。蒔蘿的味道很特別，尤其是印度蒔蘿，種子細長，表面的稜脊特別深，香味更濃。只是外表的樣子看起來很像小茴香，不要搞錯了。

◆特殊療效：蒔蘿可用於緩解胃脹氣和胃痛，幫助消化，對打嗝和失眠也有療效。

【紅花酒】

泡紅花酒只能用紅花的雄蕊，一公升的紅花酒要用到將近二百朵的紅花，所以是一種非常昂貴的酒。

有一回感冒過後，鼻塞好了，眼睛、耳朵、鼻子卻發癢，中醫給我吃通竅的藥，藥裡放了很多紅花，還交代我來月經的時候不能吃，結果我忘了，那次行經量多又久，被醫生訓了一頓，使我想起以前紅花被當作墮胎藥。後來懷老二心裡不想要，又不敢跟家人說，自己買了紅花燉豬肉，吃得小腹又痠又脹，也沒怎樣。還好老二生下來很健康，沒造成不完全流產，或者什麼後遺症，這件事情就隱瞞過去了。

紅花淡淡的香味，泡出來鮮紅的酒色，都很可人。我在家裡養了幾顆舍利子，師父也是交代我用紅花養，每隔四十九天換一次紅花；我想紅花一定是很稀有的寶貝，才會用來養舍利子。但是市面上售的紅花很多是假的、染色的、只要把紅花泡在水裡，看會不會立刻褪色，如果水色變成橘黃色，八成就是買到假的了。

紅花分番紅花和藏紅花，現在藏紅花已很難買到真品，番紅花以南歐、法國、西班牙一帶出產的較好，泡紅花酒，只能用紅花的雄蕊，而一朵紅花只有二、三片雄蕊，一公升的紅花酒要用到將近二百朵的紅花，所以是一種非常昂貴的酒。泡這麼昂貴的酒，就用最昂貴的陳高來泡。

美容香花酒之三◎紅花酒

◆材料：紅花一百五十至二百朵、陳年高粱一瓶。

◆作法：1.摘下紅花雄蕊，泡入陳高中塞緊瓶蓋。

2.約一星期，酒色變成鮮紅色就可以喝了。

◆注意：紅花通經破血，所有含紅花的藥無論外敷內服，孕婦都不可使用，即使是跌打損傷抹點紅花油，都可能引起流產或出血，要特別注意。

◆特殊療效：雖然紅花破血會造成流產，在平常，紅花卻是對女人很好的一味藥，適用於高血壓、生理不順和冷感、貧血的人飲用。婦女月事不順，行經第一天可喝一小杯三十西西以下，第二天以後就不可以喝了。

一般紅茶可以放些野薑花增加香氣，酒也可以泡野薑花，加一點冰糖，不但增加香氣，甜甜的口味也變得不辣口。

【野薑花酒】

夏天在冷氣間裡，插一盆香花，一進門就聞到鮮花宜人的清香味，精神也振作起來了。夏天的香花很多，有人喜歡玉蘭花，有人喜歡茉莉花、香水百合，而我偏愛野薑花。野薑花的香味，不甜不膩，是真正的清香，有提神醒腦的作用。野薑花插在花盆裡，花謝了，留下一些沒開的花苞，覺得好可惜。有些人在冷氣間裡用些人工的芳香劑，我聞了就頭昏。聞到野薑花，精神就來了。雖然玉蘭花也不錯，味道卻太甜膩，可惜野薑花的花期太短，一兩天就謝了。

野薑花學名高良薑，性喜溼熱，生長在潮溼的水邊或熱帶林地的邊緣，有三枚白色的花瓣，近花心的地方為黃色。在古埃及和中世紀的歐洲就有人把野薑花的根莖用來做咖哩、泡菜和甜酒調味，高良薑的辛辣口感較平常用的生薑淡一點，香味卻更濃。幼葉和花都可食用，拌沙拉、撒在湯品上作點綴或醃漬都很可口；新鮮的根莖是芳香性健胃藥，也可以治療支氣管炎、痲疹、胃炎及霍亂；種子可以治療消化不良，在東南亞地區，無論醫療或食用的範圍都很廣。

高級的坪林包種茶，烘焙出來有野薑花的清香，但不屬於放了野薑花的花茶，倒是一般紅茶可以放些野薑花增加香氣，做成花茶。我通常是用沒開過的花苞，香氣蘊含在花苞裡沒有散開，香味較濃。酒也可以泡野薑花，最好用米酒頭、高粱等蒸餾過的燒酒來泡，加一點冰糖，不但增加香氣，甜甜的口味也變得不辣口，喝起來較順。

美容香花酒之四◎野薑花酒

◆材料：野薑花苞十朵、燒酒一瓶、冰糖二兩。

◆作法：1.將野薑花及冰糖泡入燒酒裡，旋緊瓶蓋，搖晃使冰糖溶化。

2.約泡二星期即可開封飲用。

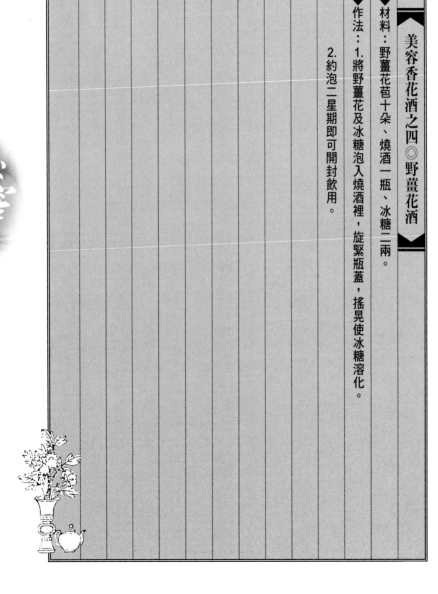

【茉莉花酒】

茉莉花的香氣可以消除抑鬱，但做花酒除了要確定花朵本身不含毒性，還要試驗香味和酒是否衝突。

茉莉花茶就是有名的香片，真正講究喝茶的人是不喝香片的。一級茶有香氣、有回甘，次級茶有回甘、香氣較淡，三級茶無香氣，也沒有回甘。現在有些沒回甘的茶，不肖商人添加雞母珠，把回甘變得走了味。在古代交通不發達，包裝技術落伍，產在南方的茶葉要運到北方，時間長，怕走了味，為了提高茶的價值，便放些茉莉花增加香味。

本來我也不喝香片，有一回朋友從大陸帶了一種很可愛、米粒般大的茶，叫「蟹目香珠」，好棒！是茉莉花熏過的高級香片，回甘也是真的，不是添加雞母珠。所以我就泡了一瓶茉莉花茶酒，廣受歡迎，但也有人嫌有些苦味。

既然香片和一些傳統的甜點都用茉莉花來增添香氣，茉莉花酒應該也不錯。茉莉花的香氣可以消除抑鬱，但做花酒除了要確定花朵本身不含毒性，還要試驗香味和酒是否衝突。我的經驗歸納三個重點：一、西洋人喜愛、常用的花以葡萄、蘋果酒泡。二、東方人常吃的花用甜米酒泡。三、中國傳統藥材用燒酒（蒸餾過的烈酒）泡。

桂花用甜米酒泡，茉莉花應該差不多吧？結果泡出來的味道還不錯；也有些人喜歡茉莉花的清香，用米酒頭泡更能把香味發揮出來。新鮮茉莉花的香味太濃，曬乾了「喝」比「聞」的感覺好很多，喝過香片的人，都記得那久久不散的齒頰留香。試試茉莉花酒，喝一杯，好像皮膚都香了。現在花草茶店用乾燥的玫瑰花、茉莉花、桂花等泡茶，可以直接買來泡酒。

美容香花酒之五◎茉莉花酒

◆材料：茉莉花乾約十朵、甜酒釀湯（可以自己做，也可以在傳統市場賣酒釀的攤上買）或米酒頭一瓶。

◆作法：將茉莉花乾放入酒中旋緊瓶蓋，約二週可飲用。

桂花釀可能是由甜酒釀衍生出來的酒，一年四季喝都很順口，且酒釀是一種涼補食物，不怕上火氣。

【桂花釀】

花酒大概是楊貴妃發明的，我想，她是個很浪漫的女人，用玫瑰花泡酒稱作貴妃美容酒，用桂花泡酒又叫桂花釀。

中國民間的飲食糕點，能吃的花中，以桂花用的範圍最廣。一般傳統雜貨店、市場甚至中藥房，都有賣醃漬的桂花醬。大部分傳統的甜點，都會放一點桂花醬增加香氣，例如茯苓桂花糕、桂花年糕、桂花酸梅湯等，指名要放桂花的甜品多不勝數。

桂花是一種吉祥的花木，許多人家的院落裡都有栽種。桂花為常綠灌木，性味甘平無毒，能祛痰化鬱，氣味清香，通常在秋天開花，所以用「桂子飄香」來形容中秋。在台灣因為天氣炎熱，花期長，冬天也有開花，花期一直延續到春末。

桂花釀可能是由甜酒釀衍生出來的酒。平常吃酒釀桂花湯圓得知，甜酒釀和桂花的香味不衝突。而桂花釀為何不叫桂花酒？「釀」是指未經蒸餾的酒，所以我用甜酒釀湯汁泡桂花，製成桂花釀。

在我記憶裡，桂花就是母親的香味。我外婆梳頭時要沾水，她的梳頭水裡總是灑了一層桂花，還有每天下午的廚房，也飄來陣陣桂花香，八成以上的點心，都放了桂花。每次聞到桂花香，我就會想起母親，想到外婆家……

自己製的桂花釀，比起大陸進口的桂花釀，香氣淡了些，但很自然。一年四季喝都很順口，何況酒釀是一種涼補食物，喝了不怕上火氣。

美容香花酒之六◎桂花釀

◆材料：桂花乾一茶匙、甜酒釀湯一瓶。

◆作法：將桂花乾放入酒釀湯內旋緊瓶蓋，二週即可飲用。

【蘋果迷迭香】

迷迭香的顏色大部分為秋香色，用迷迭香泡酒，不但香氣宜人，也使酒變得很漂亮。

迷迭香是義大利人最喜愛的藥草，義大利人在烹調食物中，無論肉類、魚蝦都喜歡用迷迭香去腥。現在迷迭香精油也廣受歡迎，是一種使用範圍很廣的藥用植物。而迷迭香的顏色大部分為秋香色，用迷迭香泡酒，不但香氣宜人，也使酒變得很漂亮。

迷迭香為唇形花科常綠灌木，生長在排水良好的向陽地，所以栽種並不難。針葉含樹脂，氣味芳香，葉有殺菌、抗氧化的作用，可以用來保存食物或提煉香水、精油。迷迭香還有一個功能是幫助脂肪消化，所以許多減肥藥中有添加迷迭香。而坊間所賣的花茶中，迷迭香茶就是以減肥和恢復疲勞作號召。有頭皮屑也可以用迷迭香酒或煎汁按摩頭皮，兩三次就治癒了。

泡製傳統藥酒，以療效為主。泡製花酒就要考慮香味是否衝突，這是一種趣味性，總不能弄得像喝藥一樣；我曾用米酒泡迷迭香，味道怪怪的，沒人要喝。蘋果雖然是香氣濃郁的水果，但與迷迭香的味道很配，泡出來酒色淡清，香味迷人。蘋果可當作營養的減肥食物，蘋果酸也能促進脂肪消化，和迷迭香能夠相容，雖是巧合，也許是「異中求同」的自然法則。如果有整株的迷迭香，去根，用花葉泡酒，放在透明玻璃瓶裡很漂亮。

其實泡酒或釀酒原本都是好玩，增添生活的趣味，偶爾發現特殊療效，會感覺更興奮。

美容香花酒之七◎蘋果迷迭香

◆材料：蘋果一斤、酒麴一個、冰糖四兩。

◆作法：1.蘋果洗淨晾乾，連皮切成小塊。

2.冰糖加一點水，小火煮化。

3.先放蘋果，再放冰糖水，水冷後撒下碾碎的酒麴，封罐。

4.八十一天後拆封，濾出蘋果酒汁。

5.濾好的蘋果酒汁，一瓶泡入一兩的迷迭香，約一個星期可飲。

◆特殊療效：有增強中樞神經系統、抗菌、促進血液循環，和減輕肌肉疼痛的作用，還能幫助脂肪消化，治療頭皮屑。

INK
PUBLISHING

讀者服務卡

您買的書是：________________

生日：______年______月______日

學歷：□國中　□高中　□大專　□研究所（含以上）

職業：□軍　□公　□教育　□商　□農

□服務業　□自由業　□學生　□家管

□製造業　□銷售員　□資訊業　□大衆傳播

□醫藥業　□交通業　□貿易業　□其他______

購買的日期：______年______月______日

購書地點：□書店　□書展　□書報攤　□郵購　□直銷　□贈閱　□其他

您從那裡得知本書：□書店　□報紙　□雜誌　□網路　□親友介紹

□DM傳單　□廣播　□電視　□其他

您對本書的評價：（請填代號 1.非常滿意 2.滿意 3.普通 4.不滿意 5.非常不滿意）

內容______　封面設計______　版面設計______

讀完本書後您覺得：

1.□非常喜歡　2.□喜歡　3.□普通　4.□不喜歡　5.□非常不喜歡

您對於本書建議：

感謝您的惠顧，為了提供更好的服務，請填妥各欄資料，將讀者服務卡直接寄回或傳真本社，我們將隨時提供最新的出版、活動等相關訊息。

讀者服務專線：（02）2228-1626　讀者傳真專線：（02）2228-1598

廣　告　回　信	
台灣北區郵政 管理局登記證	
北台字第15949號	

235-62

台北縣中和市中正路800號13樓之3

印刻出版有限公司　收

讀者服務部

姓名：＿＿＿＿＿＿＿＿　性別：□男　□女

郵遞區號：＿＿＿＿＿＿

地址：＿＿＿＿＿＿＿＿＿＿＿＿＿＿＿＿＿＿＿＿

電話：（日）＿＿＿＿＿＿＿＿＿（夜）＿＿＿＿＿＿＿＿＿

傳真：＿＿＿＿＿＿＿＿＿＿

e-mail：＿＿＿＿＿＿＿＿＿＿＿＿＿＿＿＿＿＿＿

INK

【蘋果薰衣草】

薰衣草在自然療法中占有很重要的地位。用蘋果酒來泡薰衣草，喝了以後更是處處留香。

這酒，單是聽名字，就可以想像它的香味是多麼迷人，喝起來的口感，配上特殊的香味，更是美得無以復加。

近幾年花茶和精油流行，薰衣草已風靡了全世界的女性。它實在是一種很棒的香草，整株都有芳香的油腺，但香味較集中在花上。薰衣草的精油是非常高價值的香水和藥，花中的汁液是很好的皮膚調節劑，可促進皮上細胞更新，讓你看起來更年輕。

現在咖啡廳、茶藝館的菜單上幾乎都有薰衣草茶；在果醬、醋、甜點、奶油裡面放點薰衣草增添香味，也能讓人胃口大開。用薰衣草泡澡可以鬆弛緊張的情緒，治療關節炎、失眠、憂鬱，閒來洗個薰衣草泡澡，必能打通任督二脈，讓你通體舒泰。

薰衣草無論外敷內服，在自然療法中，都占有很重要的地位。用蘋果酒來泡薰衣草，喝了以後更是處處留香，走到哪裡香到哪裡。當你疲勞時，不妨在睡前喝一杯薰衣草泡酒，不但可以放鬆心情，安然入睡，第二天早上起來還有好口氣，好心情。

美容香花酒之八◎蘋果薰衣草

◆材料：蘋果酒一瓶、乾燥薰衣草三公克。

◆作法：將薰衣草直接泡在蘋果酒中，蓋好瓶蓋，約一星期後可拆封飲用。

◆特殊療效：可以治療焦慮、頭暈、頭痛、胃脹氣、惡心和口臭。

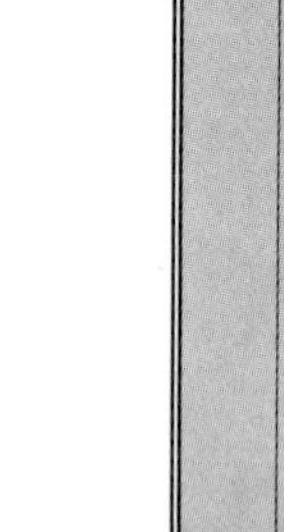

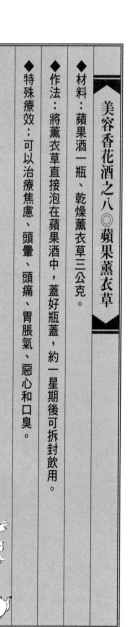

康乃馨酒

康乃馨的花瓣不但可以吃，也是一種神經滋補劑。傳說中，西方人相信康乃馨花瓣會帶給人無窮的力量。

母親節當天，每個人都會買一束康乃馨送給媽媽。到了母親節康乃馨的價格飛漲，雖然康乃馨花期長達一兩個星期，但花期過了、花謝了就要丟棄，令人覺得遺憾又有點可惜。

其實康乃馨的花瓣不但可以吃，也是一種神經滋補劑。在古老的傳說中，西方人相信康乃馨花瓣會帶給人無窮的力量。康乃馨花瓣的尾端，白色花蒂部分有苦味，所以要先把花蒂摘掉。

花瓣加在水果甜點、沙拉、三明治或湯中調味，香氣宜人，賞心悅目。做成康乃馨花露，泡在醋或甜點裡，可以增加食慾，增強體力。常喝康乃馨葉子曬乾製成的花草茶，可抑制腫瘤。過完母親節，花謝了千萬不要丟掉，做成康乃馨酒，讓母愛綿延長遠。

美容香花酒之九◎康乃馨酒

◆材料：康乃馨三至五朵、米酒頭一瓶、砂糖五錢。

◆作法：1.把康乃馨花朵撕開，摘去白色花蒂，只留花瓣。

2.花瓣曬乾或烤乾。烤花瓣可用大同電鍋，把外鍋洗乾淨，花瓣放在外鍋中，插上電，每隔三、五分鐘翻攪一次，直到花瓣全乾為止。

3.把砂糖及乾燥的花瓣放入米酒頭中，約二星期可飲用。

◆訣竅：有些人拌沙拉喜歡摻一兩滴酒，泡過酒的康乃馨花瓣除了可以泡澡，也可以拌沙拉。沙拉裡放花瓣，不但好看，還有淡淡的花香，用泡過酒的花瓣，更能增添風味。

蘭花酒

過年時候用報歲蘭泡蘭花酒，清香優雅。而文心蘭泡出嫩黃色的蘭花酒，雖然香氣不足，但賞心悅目。

某人在陽明山種蘭，請了一些原住民工人，看他們自釀的小米酒很好喝，靈機一動，拿來泡蘭花，不但酒香，喝了蘭花酒，連流汗都是香的。於是他以「香汗」作廣告訴求，蘭花酒量產銷售一瓶賣到八千元，雖然貴，聞香者仍趨之若鶩，還要預訂、排隊，等上好幾個月。

傳說古代香妃不吃五穀雜糧，只吃花，她流的汗就是香的。喝花酒，酒精揮發出來的氣味，帶著花香，不但流汗是香的，還能吐氣如蘭。香味能溶於酒精，是大家都知道的，香水裡一定有酒精成分，用香花來泡酒很多人都想得到，但要注意酒味和花香會不會衝突，如果相沖，泡出來的酒味道會怪怪的。

蘭花酒是一個成功的案例，我們不妨遵循前人成功的途徑，用小米酒來泡蘭花。小米酒是五穀雜糧酒，由多醣類的澱粉，發酵成雙醣，再由雙醣發酵成酒精、二氧化碳和水，比水果酒多一道發酵過程，做起來需要一點技術，為確保品質，不如直接向原住民購買。

過年時候用報歲蘭泡蘭花酒，清香優雅。平常可用石斛蘭，變成漂亮的粉紫色。用文心蘭泡出嫩黃色的蘭花酒，雖然香氣不足，但賞心悅目，算是觀賞酒吧！

美容香花酒之十◎蘭花酒

◆材料：蘭花二至三枝、小米酒一瓶。

◆作法：把蘭花泡入小米酒內封好，一個月後即可開封飲用。

泡玫瑰花酒，我喜歡用葡萄酒的二鍋頭，
因為酒色非常清，浪漫淡雅，單看酒色就已經醉了。

【絶代雙嬌】

我為玫瑰酒取了一個艷名，叫絶代雙嬌。為什麼呢？東、西方歷史上兩個最有魅力的女人，不約而同愛喝玫瑰酒，她們就是埃及豔后和楊貴妃。據說女人在睡前喝玫瑰酒，晚上辦事的時候特別會流汗，而且帶著玫瑰花香，怪不得能三千寵愛集一身。

玫瑰花的香味不但有催情作用，聞到玫瑰花香會心情愉悅，所以用玫瑰代表愛情。玫瑰的香味也是百花香的基礎，提取玫瑰香精製造的香水、化妝品多得不勝枚舉，真是百分之百的浪漫女人香。

玫瑰花茶可散鬱，恢復疲勞，還有明目的作用。土耳其、阿拉伯人在菜餚裡放玫瑰花瓣，既賞心悅目，又香氣宜人。玫瑰的葉子泡茶可防止便祕，外敷可治療創傷。除了多刺，玫瑰花真是百益無一害。

泡玫瑰花酒，我喜歡用葡萄酒的二鍋頭（就是用酒渣增麴釀造的第二道酒）來泡，因為葡萄二鍋頭酒色非常清，淺淺的粉紅色，浪漫淡雅，單看酒色就已經醉了。

美容香花酒之十一◎絕代雙嬌

◆材料：玫瑰花十朵（泡花茶用的乾燥花苞亦可）、葡萄酒二鍋頭七百至七百五十西西。

◆作法：1.葡萄酒渣加糖水，比常喝的糖水稍甜一點，加酒麴一個再發酵一次，約三個月即成葡萄酒二鍋頭。

2.拆封後濾出清澄的酒汁，一瓶酒加十朵玫瑰，一個月就可以喝了。

◆注意：患肝病的人不能喝酒，唯一能喝的就是玫瑰茵陳酒。泡玫瑰酒時加二錢茵陳即為玫瑰茵陳酒。茵陳在中藥店可買到。

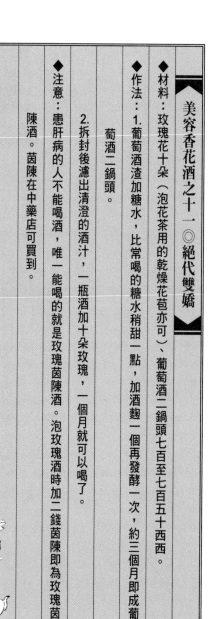

【月橘酒】

月橘有行氣活血的功效，女孩子在行經時喝些月橘酒，可以清經血，也會減輕因月經不順引起的疼痛。

月橘俗名七里香，為芸香科植物，在台灣全省的平地、山丘都有栽培。許多人家種植月橘當作樹籬，每年夏秋兩季，月橘花開，白綠相間，香傳數里，煞是迷人；可惜有些人覺得月橘的香味俗而野，漸漸被打入冷宮。偶爾到桃竹苗地區的鄉下，還有老一輩的曬月橘花、泡月橘茶，可能由於空氣污染，土壤水質被破壞，現在很多花都不香了，近年又風行芳香療法，月橘才重新受到重視。

我喜歡泡月橘酒，除了月橘酒清香甜潤，也因台灣是海島型氣候，一年四季都很潮濕，常喝月橘酒可以除濕，預防因濕引起的疼痛和搔癢。另因月橘有行氣活血的功效，女孩子在行經時喝些月橘酒可以清經血，也會減輕因月經不順引起的疼痛。甜酒釀最補女人，甜酒釀加水再發酵就成了清酒，所以泡月橘酒我喜歡用未蒸餾的米酒。

美容香花酒之十二◎月橘酒

◆材料：月橘花瓣四兩、未蒸餾米酒三公升（作法請參考「糧酒篇」）。

◆作法：將米酒及月橘花瓣混合放入酒缸中約二星期可飲。

◆特殊療效：月橘味辛性溫，有行氣活血，袪風除濕的功效，可治跌打腫痛及風濕骨痛，對於皮膚搔癢、腫毒及疥癬也有療效。行經期間或天氣潮濕時可飲三十西西。

荷花酒

荷花入菜比荷葉更簡單，可以拿荷花涼拌或做沙拉，當然也可以泡酒。

蘇東坡這位大文豪對吃喝玩樂都很在行，有東坡肉、東坡茶、東坡竹，還發明了荷葉杯，取了一個風雅的名字叫「荷爵蓮杯」，並作詩說：「碧筒時作象鼻彎，舌來徐徐識真味。」

杯子的作法其實很簡單，用一張大荷葉，圈成杯子狀，把荷葉中心戳穿通到荷葉梗上，荷葉梗就是天然吸管，以口就梗，把酒吸入口中，清涼消暑，香氣怡人。荷出淤泥而不染，以「清」趣為文人所喜。荷葉杯一個簡單清雅的消暑方式，把文人與酒文化、荷（蓮）文化繫在一起……

荷花為多年生草本水生植物，據說佛教發源地的印度為原產地，佛像中得道諸佛常趺坐在蓮花座上。現在亞熱帶及亞洲各地都有栽培，整株都可入藥。

平常我們只想到做荷葉包飯、荷葉排骨，其實荷花入菜比荷葉更簡單，可以拿荷花涼拌或做沙拉，或者裡上雞蛋麵粉炸成荷花天婦羅，當然也可以泡酒。荷花酒淡淡的粉紅色，放在玻璃瓶裡賞心悅目，氣味甘甜清香，越喝越喜歡。

美容香花酒之十三◎荷花酒

◆材料：荷花二朵、米酒一公升、冰糖一兩。

◆作法：1.冰糖先在米酒中溶化，放入酒中搖晃瓶子。

2.將荷花瓣撕下來，一片片放入酒中。

3.約二星期，花瓣白色透明、酒色粉紅即可飲。

◆特殊療效：具清血、涼血、散瘀、止血的功能，對一切與血有關的疾病都有效。

◆妙方：泡過酒的荷花可用來炒魚片，現在傳統市場或超市都有冷凍的鯛魚片，炒一道清香的荷花鯛魚，浪漫消暑。

【桃花酒】

我們形容一個人漂亮討喜，會說她面帶桃花，無獨有偶，中藥裡使人美麗的配方中，經常有桃花或桃仁。

我們形容一個人漂亮討喜，會說她面帶桃花，有異性緣春風得意時說是走桃花運。無獨有偶，中藥裡使人美麗的配方中，經常有桃花或桃仁。

最近很多以減肥瘦身和美容養顏為訴求的保養食品，都強調可以清除體內的宿便。在大腸壁上有許多穴道通達全身，如果宿便經由腸壁吸收循環到體內，這些毒素會造成皮膚粗糙、大腹便便，甚至引發老年癡呆，所以清宿便成為現代人健康美麗的重要課題。

以形補形，想要面帶桃花，就要吃桃花。本草綱目中記載：「桃花性走泄下降，利大腸甚快。」健康的排泄習慣是每天大號二次、排尿七次，食物在體內超過十八個小時就會產生宿便，現代人飽食終日卻排便不正常，體內不知積了多少宿便。

忙碌的工商社會，生活不規律，暴飲暴食……都會造成腸胃的傷害，不僅消化不好，排泄也不好，桃花酒氣味芳香，味道苦中回甘，每天睡前喝一小杯，晚上睡得好，早上起來排便順暢，精神愉快，天天都有好臉色。

美容香花酒之十四◎桃花酒

◆材料：桃花花瓣約一錢、紹興或自釀米酒一公升。

◆作法：將上述材料放入瓶中密封，約二個星期可飲。

◆注意：孕婦或行經期間不可飲用。

◆特殊療效：主要的功能就是通腸利便，清除體內的宿便。

【二冬酒】

秋天防燥邪，二冬飲潤燥最佳。酒是行氣活血之藥，喝二冬酒更勝泡二冬飲。

每到秋天，我都建議朋友們喝「二冬飲」，就是天冬和麥冬混合煮水喝。因為秋天是肅殺的季節，秋燥傷陰，萬物凋零，如果在秋天不好好保養皮膚，到第二年春天已經老了一些，要再補救也來不及了；我常說留住青春，從秋天開始。

大概大部分的人都有上火氣的經驗，口乾舌燥、冒青春痘、口苦、胃口不佳等現象，這種現象就是火氣大，火氣大、內熱的時候如果不調養好，就會變成燥氣。燥氣感覺和火氣不同，火氣是內熱，細胞組織充血，燥氣是體內組織細胞失水；火氣易消，燥氣難治，就像急症和慢性病。秋天防燥邪，二冬飲潤燥最佳。

除了潤燥的功效，由於天冬、麥冬都是白色的，秋天屬金，金是白色的，因此二冬飲適合秋天喝。以形補形吃白色的食物，皮膚就會白，因為白色入肺經，肺主皮毛，要有白嫩的肌膚先要養肝潤肺。

酒是行氣活血之藥，秋天潤肺防燥邪，喝二冬酒更勝泡二冬飲。糖尿病人不能吃糖，天冬、麥冬味苦微甜，可以作為糖尿病人糖分的來源。

美容香花酒之十五◎二冬酒

◆材料：天冬三斤、麥冬二斤、燒酒五公升。

◆作法：將天冬、麥冬泡在燒酒中，約二星期可飲。

◆妙方：天冬、麥冬酒渣可煮排骨湯，現在高級餐廳賣的玉參排骨湯就是用天冬燉的。

菟絲酒

十種壯陽藥的配方裡，九種以上都與菟絲為伍。很多書上都說菟絲子是壯陽益精藥，其實它是女人的要藥。

十種壯陽藥的配方裡，九種以上都與菟絲為伍。很多書上都說菟絲子是壯陽益精藥，其實它是女人的要藥，被當作壯陽藥是因為菟絲子補腎，腎是生命之源，補腎不等於壯陽，女人也要補腎。

在葛洪的《抱朴子》書中稱菟絲為仙藥，吃了可以成仙。菟絲子原當作女人的媚藥，最早的神仙書《山海經》中有各種植物食之不勞、食之不忘、服之不憂、服之美人色等的描述，對於菟絲子有這樣的記載：「帝女死焉，其名曰女屍，化為瑤草，其葉胥成，其華黃，其實如菟丘，服之媚於人。」說明菟絲子不但服之美人色，還可增加媚功；中醫使用來治療女人性冷感，又能使皮膚柔嫩白細。

蘇州秦淮河畔選美女的條件有三：一白、二腳小、三會叫床。常吃菟絲子，再努力裡小腳就可以成美女，許多名妓如李師師、蘇小小等都懂得用菟絲粥做消夜或煲糖水喝。

俗話說，千年之松上有菟絲，下有茯苓，今人誤以為菟絲只寄生在松樹上。松樹是一種耐寒、耐旱、抗老化千年不死，萬年不壞的神樹，但菟絲子可以寄生在任何植物上，以寄生在松樹上的最好。

女人更年前後可長達十年，西醫會開一些女性荷爾蒙，但醫學上統計，吃女性荷爾蒙十年以上，得乳癌的機率是一般人的兩倍，所以許多女人更年期時，我都會建議她們泡菟絲酒喝，補充天然的女性荷爾蒙。

美容香花酒之十六◎菟絲酒

◆材料：菟絲子三公克、葡萄酒或紅酒七百五十西西。

◆作法：將菟絲子用一小布袋裝好，泡入酒中，約二週可飲。

◆注意：睡前飲三十至五十西西。

【冷金香】

因為泡出來的酒是金色的，又有香氣，所以給它取了個浪漫的名字叫冷金香，也是專門給女人喝的伏特加。

酒的發明是個偶然，傳說中猴子摘了果子，放在山洞裡，時間久了，果子變成酒，猴子吃了也醉了……我很喜歡這個故事，因為在我釀酒過程裡，也由於許多意外和偶然，產生了各式好酒。

冬天吃火鍋，很多人喜歡配白干、高粱、二鍋頭等烈酒，但是這種酒多半不受女人歡迎。一次無意間聽到一位老中醫說，他每年夏天用荔枝泡高粱，冬天裡喝很補的。喝起來甜而不辣，口感很好，配火鍋也很合適，我想這麼好的酒，不妨試試看。

但是，泡了荔枝的高粱酒雖然好喝，卻沒有什麼香味。有一年菜市場買荔枝，旁邊賣花的歐巴桑硬要把剩下的玉蘭花全賣給我。買回來沒有什麼用，想想可能是天意，就把玉蘭花也加到酒裡。等到冬天拆封時，真是不得了，這酒好香呀！我的酒鬼朋友們，研究出一種最棒的喝法：先倒在大壺裡，加冰塊，喝時再倒在小杯子裡；火鍋調味料裡的蔥、蒜、沙茶等，影響口氣的食物、臭味一概消除。

因為泡出來的酒是金色的，冰的喝最美味，又有香氣，所以給它取了個浪漫的名字叫冷金香，也是專門給女人喝的伏特加。喝冷金香，荔枝果肉別丟棄，這可是寶貝，做菜時無論清燉、紅燒，放一點代替料酒，味道立刻不一樣；除了肉香，還飄著淡淡的清香。

美容香花酒之十七◎冷金香

◆材料：荔枝一斤、玉蘭花五六朵、高粱三瓶。

◆作法：1.荔枝剝殼去籽，與高粱酒、玉蘭花泡在一起封好。

2.三個月以後再開封，泡的時間越久，喝起來越順口。

◆特殊療效：行血補氣、禦寒，白露後每天一杯冷金香可治夜尿。

◆妙方：1.用冷金香裡的玉蘭花泡澡，不但消除疲勞，而且全身上下都香噴噴的。

2.泡過酒的荔枝可以做料酒，燉排骨湯、蒸魚、燒牛肉都不錯，荔枝肉煮化在湯裡，湯中帶一點甜味，不用放味精也很鮮美。

疲倦時喝一杯青葙酒，可預防因疲勞引起的虛火上升，是很好的助眠酒。

【青葙酒】

青葙為莧科一年生草本植物，由於形狀極像雞冠花，日本稱為野雞頭。因有明目的功效，種子細小類似決明子，一般俗稱草決明。

在本省各山坡、山腳、田野間都有野生的青葙子，普遍程度和桑樹差不多，經常可看到它的蹤影。有人摘其嫩葉做野菜食用，人工栽培的青葙當作觀賞植物，花淡紅色，長橢圓形穗狀花序，乍看之下與千日紅相似。

疲倦時喝一杯青葙酒，可預防因疲勞引起的虛火上升。青葙酒可濃可淡，可調配果汁，加蜂蜜、糖或冷、熱開水飲用，是很好的助眠酒。

美容香花酒之十八◎青葙酒

◆材料：青葙半斤、燒酒二公升半。

◆作法：1.青葙洗淨、曬乾。

2.將曬乾的青葙與燒酒混合倒入酒缸中。

3.放在陰涼的地方約二個月可飲。

◆特殊療效：青葙為藥性溫和的保健藥，可健腦、強精、淨血、強肝、明目、調節聽力等，和枸杞的功效相似，對於全身的器官都有溫和的調整作用。

【大蒜酒】

大蒜是極少數不能釀酒的食物，但蒜頭泡酒卻是能治百病、又香又好喝的養生酒。

大蒜不是我國原產，由張騫通西域後才傳來中國，卻在北方發揚光大。大蒜在土壤生長適應性極強，北方民間種植大蒜非常普遍，所以北方人流傳一句話「吃麵不吃蒜，不如吃碗飯」。可見大蒜與麵食的關係多麼密切。

大蒜含豐富的維他命E、蛋白質、磷、鈣及鐵等物質，更重要的是含一種稀有元素「鍺」，可促進人體內氧的循環，增強活力；常見的植物中，僅大蒜和人參的鍺含量較高。另外，大蒜裡所含的碘素，在人體新陳代謝的過程中，效用更勝食鹽裡所含的碘素。

有這麼多好處，大蒜卻是極少數不能釀酒的食物，因為它的強勁殺菌力，把酵母菌都殺死了。但蒜頭泡酒是能治百病、強精、強壯、又香又好喝的養生酒。

在《喝自己釀的酒》的「糧酒篇」中，曾介紹過米酒泡蒜頭，因為配方裡的蒜頭要先蒸熟，很多讀者疑惑，蒸熟的蒜頭是否還有殺菌力。大蒜殺菌是靠它又辣又臭的蒜精，生蒜所含的蒜鹼與空氣作用產生蒜精，而熟蒜則和胃液作用產生蒜精，所以生蒜和熟蒜都有殺菌力，只是快慢而已。大蒜泡高粱酒，比米酒蒜頭辣又烈，但味道香濃得多。

美容香花酒之十九◎大蒜酒

◆材料：大蒜三分之一個、高粱酒三分之二瓶。

◆作法：大蒜拍碎、剝皮，浸入高粱酒中，約一個月可飲用。

◆注意：大蒜酒和周公百歲酒一樣是日常養生必備的酒，但大蒜不宜多吃，因為它有強力的殺菌作用，身體內的益菌、害菌都死光了，抵抗力也會減弱。一天吃蒜最好不要超過三瓣。

◆特殊療效：大蒜辛溫，開胃健脾，去溼寒、解暑氣、辟瘟疫，更有強力的殺菌力。能預防、治療多種疾病，對於一般細菌感染及高血壓、心臟病都有療效。

◆妙方：泡過酒的蒜頭可生吃，做蒜頭雞、燒黃魚等。

美容養顏聖品蜂蜜，含有人體極易吸收的營養成分，是最簡單方便的天然補給品。

【蜂蜜酒】

古今中外一致認同的美容養顏聖品蜂蜜，含有極高的葡萄糖、蛋白質、維他命和豐富的礦物質。蜂蜜是由蜜蜂採取花朵中的汁液在蜂房中釀成的甜漿，花朵的甜汁液經發酵成為人體極易吸收的營養成分（許多食物的營養成分雖然豐富，但不見得容易吸收，所以現在的營養學家的主要工作不在研究食物中所含的養分，而是如何使營養易於吸收），所以蜂蜜是最簡單方便的天然補給品。

除了可以美容，內服、外敷製成保養品外，蜂蜜的日常養生功能在於解毒、消除疲勞、降火解熱。另外，在中藥丸的煉製中也占了很重要的地位（中藥丸的製作，是把很多配方藥粉混合後加蜂蜜煉成藥丸）。

蜂蜜酒的作方法極簡單，將蜂蜜加一倍半的水就會自然發酵成蜂蜜酒，因為蜂蜜中含有許多酵素，只要加水沖淡了糖分就會發酵。蜂蜜酒看起來顏色很清，聞起來則有股清香，可以直接喝也可以泡其他的藥材，中南部有以蜂蜜酒泡食茱萸的作法，香味非常迷人。

美容香花酒之二十◎蜂蜜酒

◆材料：蜂蜜一公升、冷開水一公升半。

◆作法：將蜂蜜與水混合攪拌均勻後放入密封罐中，約二個月即成蜂蜜酒。

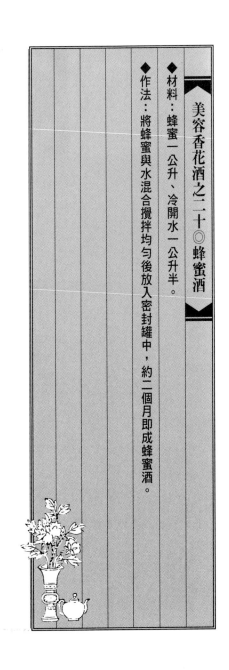

天麻可以促進新陳代謝，成分含揮發性，含有天麻的藥方經常是用酒泡製或者配酒服用。

【天麻酒】

天麻酒是名貴的中藥，在神農本草中被列為上品。著名的中藥成方「防風通聖散」裡便含有天麻，原來是治療高血壓、心浮氣躁、手腳腫脹，近幾年被用來減肥，效果非常好，我自己吃了幾天後，也發現手指腳趾都比較細。因為平常吃得太油膩沒睡好火氣大，防風通聖散洩掉了邪火，不再腫脹悶滿，所以我向一大堆中年發福的朋友推薦。

前一陣子美國有幾個律師把市面上販售的一些漢方成藥送檢後發現，防風通聖散及其他數種中成藥中含疑似安非它命成分，媒體上大幅報導，弄得在美華人，人人自危，朋友還打電話來埋怨，好像我害他們吃禁藥。

都是天麻惹的禍，因天麻有興奮神經中樞及鎮靜作用。人過四十五歲新陳代謝減緩，平均一年胖一公斤已經是上上籤了，而天麻可以促進新陳代謝，也是提煉安非他命的原料。由於防風通聖散中含天麻的比例滿高的，可以洩實熱洩火，所以用來預防高血壓中風，對於脂肪肥厚的胖子減肥消脂最有效。

天麻行氣，酒活血，氣帶血行。且天麻中的成分含揮發性，香草醇加熱時會揮發掉，所以有天麻的配方中經常是用酒泡製或者配酒服用。既然如此，何不乾脆泡天麻酒來喝，每天一小杯活血益氣又減肥，睡前喝還能治療神經衰弱造成的失眠。

美容香花酒之二十一◎天麻酒

單方

◆材料：天麻二兩半、冰糖五兩、燒酒一公升。

◆作法：1.天麻切碎和冰糖混合放入容器內封好。

2.放陰涼處，約一個月濾出酒渣。

◆注意：天麻酒飲少量可減肥消脂，多喝有害。

複方

◆材料：天麻、川芎、芡實、細辛各七錢；燒酒一公升。

◆作法：所有材料一同放入密封罐中，約二個月可飲。

◆訣竅：複方天麻酒不加冰糖效果較好。

◆特殊療效：除了消脂減肥，還可治療天氣變化時受風邪引起的頭痛。

【益母酒】

益母草其名就是對女人有益的藥草，最大的功效是有助於子宮收縮，用作治療行經及生育障礙。

益母草是很普通的野草，路邊、山間、水邊都有它的蹤影，我每次去復興電台錄音，下了捷運就在路邊採些益母草，回來晾乾了煮水喝。尤其在天冷、女孩子經痛時，益母草加老薑紅糖煮水，熱熱地喝，暖胃也暖子宮，好處無窮。

自從報章雜誌大幅報導女性更年期服用荷爾蒙，會有很多副作用後，大家都轉向天然藥草中尋找天然荷爾蒙或雌激素，以減緩各種更年期症候。朋友介紹我喝一種益母草膏，效果是很好，可惜價錢也貴得不得了，一個星期就要喝掉一百美元。我看了

一下成分，只有益母草一味，何不自己煮益母草茶來喝呢。

女孩子自初經後，就另外生出一條脈，稱作帶脈，因為把脈時要走著、站著，所以又稱走站脈，專司經、帶、孕、產、雜症，即包括了婦科、產科各項目。益母草其名就是對女人有益的藥草，它最大的功效是有助於子宮收縮，長久以來用作治療行經及生育障礙。只要子宮肌肉強健有力、收縮正常，經痛、血塊、子宮肌瘤等病症都不會產生，所以常喝益母草茶、酒、膏對子宮、對女人的都有好處。

在美國路邊找不到益母草，中藥店也很少賣這種便宜的草藥，我只好自己帶，為了長期保存，把益母草煎汁釀酒，晚餐時老公喝周公百歲酒，老婆喝益母酒，行經時喝益母酒又能補血、清血，效果更佳。

美容香花酒之二十二◎益母酒

◆材料：曬乾益母草四兩、水三公升、糯米三斤、酒麴一個。

◆作法：1.先把益母草煎汁，濾出汁備用。

2.糯米洗淨，用益母草汁煮糯米飯（按一杯米一杯水之比例），剩下的草汁留起來。

3.蒸熟的糯米放涼後與酒麴粉末拌勻，用棉被包好放三天至一星期。

4.發成酒釀後，把剩餘的草汁倒進去。

5.約三個月後濾出酒糟即成益母酒。

【玫瑰葡萄】

把玫瑰花乾泡在酒裡，葡萄的清香被提了出來，透明的、淡淡的金粉紅色，香甜醇美。

我的朋友都不相信我，說我迷信，跟他們講什麼都笑我天馬行空、鄉野奇談。可是遇到事情，每個人就又都來問我，吃飯、睡覺、買東西、解夢、算命、打麻將……凡事問我，卻是我說我的，他們聽他們的，也不知道他們信不信或聽進了多少。

剛學做甜酒釀時，就有老人家告訴過我，在家裡做這些東西，手氣很重要，甜酒釀、酸白菜、發糕、豆腐乳……都一樣。每次教朋友們做東西，一樣的材料、一樣的方法，也不知道為什麼有的好有的壞，我說手氣不好就停一停吧，她們都不信。

我母親過世後那三年，運氣降到谷底、手氣也背。我釀酒將近二十年，幾乎沒有失敗過，即使材料配錯了，想想辦法還能起死回生，但是那三年做葡萄酒，五缸有四缸變成醋，甜酒釀一次都沒有成功過，不服氣也不行。

玫瑰加葡萄釀酒，即是起死回生的一個例子。我託朋友買葡萄釀酒，他好意買了義大利種金香葡萄，就是淺綠色、很香、皮很薄的那種。我照老方法釀了一缸酒，釀出來的口味很甜很好喝，顏色金黃也不錯，不過聞起來有一股腥臭味，像菜葉揉碎了有點發酵的腥味，聞了就不會想喝，怎麼辦呢？丟了太可惜，總是我的心血啊！

蓋起酒缸，左思右想，理不出頭緒。有一天朋友來喝冷金香，觸動了我的靈感，家裡正好也有些玫瑰花乾，試試看把玫瑰花乾泡在酒裡。才一星期的工夫，真是清水變雞湯，原來的腥味沒有了，玫瑰花的香味也沒了，葡萄的清香被提了出來，透明的、淡淡的金粉紅色，真是香甜醇美，想不到這酒竟變成了我的招牌葡萄酒。

從釀酒手氣的平順與否，我體悟到順天行事的道理。真的，人是扳不過勢的，在運勢低落的時候，不要強求也不要怨天尤人。沉潛一段時間，把自己重新整理整理，等待下一次機會。

美容香花酒之二十三◎玫瑰葡萄

◆材料：青綠葡萄一斤、冰糖四兩、玫瑰花乾一兩、酒麴一個。

◆作法：1.葡萄略沖洗、晾乾，全部捏碎。

2.冰糖小火煮化。

3.酒麴碾碎，葡萄、酒麴、冰糖混合放入酒缸密封。

4.三個月後拆封，將玫瑰花乾倒入再封好，一個月左右拆封。

◆特殊療效：葡萄酒可抵抗病毒、預防感冒，也可中和胃酸，預防胃潰瘍；玫瑰花通氣，提神醒腦。每天一小杯保持健康的身體、輕鬆愉快的心情，頭腦清醒做事順利。

◆妙方：泡過葡萄酒的玫瑰花可撈出來泡澡，雖然香味不會很濃，但水面上飄著玫瑰花的感覺很浪漫，酒精能促進血液循環，毛孔舒張，沐浴後神清氣爽，通體舒泰。

蒜頭酒

蒜頭的性味溫辛，對傷風受寒的病有一定的療效。因為能健胃整腸、利尿，對於消化系統的保健也有幫助。

蒜頭唯一的缺點就是口氣不好，不然真可以當作養生的萬靈丹。感冒、下痢……許多常見的急性病，兩三粒蒜頭下肚，立刻見效。聽家裡的長輩說，以前在四川，賣涼粉的小攤子髒得要命，可是也沒聽說什麼人吃了拉肚子。拿一點涼粉放在顯微鏡下，怪怪嚇死人！滿坑滿谷的細菌，但只要放一匙蒜泥下去，細菌立刻死光光。可見蒜頭的殺菌力有多驚人。

近代醫藥科學家說，蒜頭裡含有豐富的維他命E，可以增強體力、美容養顏、抗癌、抗老化……所以蒜頭精紅了十幾年，比香菇精、靈芝、金線蓮、銀杏等健康養生食品都早上市，至今仍歷久不衰，有它固定的消費群。

蒜頭的性味溫辛，對傷風受寒的病有一定的療效。因為能健胃整腸、利尿，對於消化系統的保健也有幫助。不過，最強的還是蒜頭的殺菌力，對於腸內寄生蟲、細菌性腸疾、肺結核、傷寒都能治癒。蒜頭的療效，幾乎涵蓋了人體的呼吸、消化、循環，各系統的各種疾病，如果天天吃蒜頭、身體健康、百病不近身，精神健旺、氣色好、頭腦清醒……自然是聰明又漂亮。

話說回來，蒜頭的氣味實在太令人難以接受，吃一點蒜頭，一開口就把人給熏昏了，尤其女孩子，總不能做個啞巴美人吧！蒜頭酒就可以克服這個問題，蒜頭蒸熟了，泡在酒裡，氣味淡了很多，隨著酒精可以很快地揮發掉，一點淡淡的甜味和酒味，很容易入口呢！

美容香花酒之二十四◎蒜頭酒

◆材料：蒜頭半斤、米酒一公升、檸檬一個、冰糖三兩。

◆作法：1.蒜頭去皮、去根縱切二半，在蒸籠裡蒸五至六分鐘，然後晾乾。

2.檸檬去皮切成輪狀。

3.將蒜頭、冰糖、檸檬、米酒混合放入缸中封好。

4.一個月後取出檸檬，蒜頭則繼續浸泡，再過約兩星期可開封飲用。

◆特殊療效：蒜頭蒸熟後已無強力殺菌效果，但營養成分仍未流失，檸檬含維他命C溶在酒裡易於吸收，有美容養顏的效果，每日服蒜頭酒一杯，三至五個月後皮膚會有明顯的改善。

金銀花不但清涼退火，還有消炎、殺菌的效果，對於化膿性疾病、腫毒最有效。

【金銀花酒】

不知是以前的太陽太毒，還是小孩太野，小時候每到了夏天，頭上都會長癤子；常常看到小男生頭上東一個包，西一個包，女孩子長在頭髮裡有時還得把癤子周圍的頭髮剪掉，真難看。

所以，為了預防長癤子，還沒到端午，大人已經準備了各種清涼退火的偏方，有竹心（竹葉的新芽）、蓮子心、金銀花、白茅根等，煮水給小孩子們喝。我印象最深的是農家老公公挑個擔子賣蝌蚪，一碗清水裡，活生生游著十幾隻蝌蚪，就這樣大口大口喝下去。我每年喝，每年哭，害怕蝌蚪到肚子裡以後變成青蛙從嘴裡跳出來。

現在人冷氣吹多了，不怕長癤子，但全身的病病痛痛都來了，於是專家們又鼓勵大家多流汗，多曬太陽。雖然有益健康，但都市人弱不禁風的身子骨，無福消受大自然。夏天到海邊玩個水，或爬山出出汗，回來不是感冒，就是中暑。雖然有美白霜隔離紫外線，但隔不了三伏天的酷暑，又不可能二十四小時都在冷氣間裡，戶外到室內，短短幾分鐘，忽冷忽熱就可能身體不適，怎麼辦好？

來喝金銀花酒。金銀花不但清涼退火，還有消炎、殺菌的效果，對於化膿性疾病、腫毒最有效。另外，金銀花茶很多人喝，方法卻不見得對。茶一定要熱熱地喝，夏天喝熱茶，有些人很難接受，但是放在冰箱裡或加冰塊喝，傷害很大。入口時很清涼，很好喝，卻不知金銀花的清涼已被冰塊的火氣抵消了一大半；如果從外面大太陽下進屋來，喝冰品對身體也很傷。

金銀花酒淡淡的甜，淡淡的清香，很好喝。只要一小杯金銀花酒，讓身體自動調節，慢慢適應，再來喝別的冰品，對身體的傷害就會相對減低。

美容香花酒之二十五◎金銀花酒

◆材料：金銀花四兩、米酒一公升、冰糖四兩。

◆作法：將金銀花、米酒、冰糖混合泡在酒缸中，密封二星期後開封飲用。

◆特殊療效：金銀花有解熱、清血、消炎殺菌等功效，是夏季消暑的良方。天氣太熱，感覺不適時，不要冒然飲用冰冷的東西，可先喝金銀花酒略作舒緩，稍事休息後再吃東西或喝其他飲料。

◆妙方：泡過酒的金銀花，可撈出來泡澡。夏天泡個金銀花浴，提神醒腦，又舒服。

茯苓酒

古人要修煉成仙，先要辟穀，不吃五穀，改以茯苓為食。中藥裡茯苓多用在調理身體。

神話故事裡遇見神仙的地方，大多在松樹下，因為松是最有靈性的植物。神仙都喜歡在松樹下弈棋、品茗。為什麼神仙能找到有靈氣的千年古松呢？是受到茯苓的指引。松樹下有茯苓，遠遠望去就可以看到松的根幹間有靈氣氤氳如絲。茯苓是由松根的靈氣伏結而成，所以古籍中稱伏靈。

科學解釋，茯苓是寄生在腐朽松根上的核根菌，因為會吸收大量的地氣，所以茯苓生長的周圍寸草不生，古松都是一棵孤獨地長在斷崖峭壁上。傳說茯苓和人參一樣會土遁，發現了茯苓若不趕快採回家，就會竄山而逃；若不立刻挖掘，要像採參一樣繫根紅繩，事後再循線尋找。

古人要修煉成仙，先要辟穀，不吃五穀，改以茯苓為食；茯苓含豐富的酶、纖維素、葡萄糖、果糖和大量的鐵、鈣、鎂、鉀、鈽、磷等微量元素，對人體有利。在藥性上茯苓有逐水暖脾、生津導氣、利水平火的功效，所以中藥裡茯苓多用在調理身體方面。在季節變化時預防外邪入侵體內，民間一般夏秋吃綠豆茯苓糕，春冬吃紅豆茯苓糕。

茯苓酒釀起來不難，因為本身的酶有催化作用可使葡萄糖、果糖發酵成酒，其中所含的稀有元素多，酒的口感很豐富，但糖分太少釀出來的酒淡淡的，酒糟濃度低，所以加一點糯米提高酒味。

中國人說以形補形，白色的食物吃了會白。因為白色入肺經，肺主皮毛，而茯苓中的酶又有抗老化作用，飲茯苓酒使妳細皮白肉，青春永駐。

美容香花酒之二十六◎茯苓酒

◆材料：茯苓半斤、糯米二斤、酒麴一個。

◆作法：1.茯苓磨粉，糯米洗淨。

2.將茯苓粉與糯米混合蒸熟。

3.酒麴碾碎，拌入放涼的茯苓糯米中，用棉被包好放置三天至一星期。

4.加水二公升，再放三個月濾出酒糟即可。

◆妙方：茯苓酒糟可用來煮四神湯。

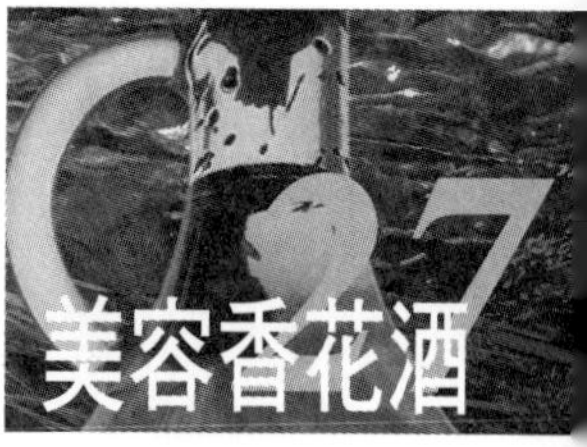

梔子花酒

梔子花的果實，可以洩火、清熱、止血、消炎、解毒、利濕化痰。
台灣很多胖子都是痰濕體質，可以用梔子花來減肥。

我從來就很喜歡梔子花，但它卻一直不怎麼受歡迎。大概是生長容易，讓人覺得很賤，無法和高級香料連在一起。也有人嫌它香味太濃烈，花期短，剛開放時雪白的顏色很漂亮，兩三天就變黃了，無法成為高貴的花材；用作香料的地位大不如玫瑰花、薰衣草，花材地位遠不如麝香百合。

前些年流行「毒藥」香水，濃濃的薰衣草，薰得我頭都昏了。我跟一些擦「毒藥」的朋友抱怨，為什麼妳們這麼愛「毒藥」卻受不了梔子花?言猶在耳，近年香花香草

大行其道，精油、香水、蠟燭和薰香，我買了好多蠟燭和香，其中有一種Gardenia的香味，大家都好喜歡，我覺得很熟悉，一翻字典竟然就是梔子花。

重瓣梔子花產於熱帶及東南亞，單瓣梔子花產於華南及中南半島，一直是很東方的香味。傳統花茶中茉莉花佔大宗，也有部分用桂花及梔子花。中藥裡常用梔子花的果實，可以洩火、清熱、止血、消炎、解毒、利濕化痰。台灣是海島型氣候，很多胖子都是痰濕體質，可以用梔子花來減肥。因為洩火解毒，對於高血壓、動脈硬化也有預防作用。

美容香花酒之二十七◎梔子花酒

◆材料：梔子花十朵、燒酒六百至七百五十西西。

◆作法：將梔子花放入燒酒中浸泡二星期即可飲用。

◆訣竅：梔子花略有苦味，喝時可加蜂蜜或果糖。

◆妙方：喝完酒，剩下的梔子花可以放在衣櫥裡薰香；但如果先放冰糖泡酒，泡過酒的花就不能用作薰香料。

【無花果酒】

另外無花果含大量維他命C、微量元素錳及蛋白質分解酵素能使人身輕體健，還能活化肌膚、恢復彈力。

新鮮的無花果約有一個拳頭大，淺淺的黃綠色，軟軟的，味道淡淡的，很不好吃，甚至可以用無味來形容。市面上販售的無花果都是已經曬乾的，只有蛋黃大小，被當成蜜餞類的零食，因為纖維質很多，可以治療便祕，很受歡迎。

無花果除了治療便祕，還有人當作減肥食物，肚子餓時，吃兩粒無花果，喝一大杯水，立刻就有飽足感。無花果含葡萄糖、果糖，能立刻被人體吸收產生熱能，檸檬酸、蘋果酸可以消除疲勞，促進脂肪自體燃燒而達到減肥的效果。另外無花果含大量維他命C、微量元素錳及蛋白質分解酵素。維他命C是美白皮膚的第一要藥，錳可以治療貧血症，使面色紅潤，而蛋白質分解酵素有助消化和排泄，清除體內雜質，所以無花果不但能使人身輕體健，還能活化肌膚、恢復彈力。

無花果原產地在地中海岸，為桑科落葉喬木，果實可美容減肥，葉子煮水當茶喝還能降血壓。如果買到新鮮的無花果，釀酒時可以連葉子一起放進去，可惜台灣不產無花果，應該買不到鮮品。

美容香花酒之二十八◎無花果酒

◆材料：乾無花果一斤、冰糖二斤、水三千西西、酒麴一個。

◆作法：1.冰糖和水煮化放涼。

2.無花果、冰糖、水、酒麴混合拌勻放入缸中封好，約三個月可拆封飲用。

橄欖迷迭香

許多墨西哥的海鮮料理都有橄欖調味解毒，一般海鮮屬涼性，所以橄欖酒理所當然成為海鮮的最佳拍檔。

平常買到的橄欖，都是經過加工醃漬的，近幾年菜市場才有賣新鮮橄欖，大約在每年仲春時節。有一年朋友送了我十幾斤新鮮的青橄欖，我用鹽、糖、甘草粉醃起來，醃出來的汁液當茶喝，發現有淡淡的酒味，喝完後臉紅紅的，身體微微發熱，第二年春天市場上再看到新鮮橄欖時就買了一些回來釀酒。

橄欖又名青果、忠果、諫果，酸甘無毒，中藥店有鹽醃得很鹹的橄欖，用來和胃。醫書上記載橄欖核磨粉可軟化魚鯁，如果被魚刺卡到喉嚨，就喝橄欖核磨粉。

李時珍在《本草綱目》中提到：「今人煮河豚團魚，皆用橄欖，乃知橄欖能治一切魚鱉之毒也。」常聽人說拚死吃河豚，如果能自釀橄欖酒以佐河豚海鮮，既有情趣又安全。許多墨西哥的海鮮料理都有橄欖調味解毒，因一般海鮮都屬涼性，老一輩的人吃海鮮也喜歡佐酒以助熱，所以橄欖酒理所當然成為海鮮的最佳拍檔。

橄欖的味道酸澀，只放糖釀酒味道普通，如果放一點鹽和甘草粉提味，再加迷迭香增香，那真是人間美味。迷迭香和橄欖都有和胃、暖胃的作用，無論是日本料理的生魚片或是江浙名菜嗆蟹，配橄欖迷迭香都合適。

美容香花酒之二十九◎橄欖迷迭香

◆材料：橄欖十斤、冰糖四斤、酒麴一個、鹽和甘草各一茶匙。

◆作法：1.先按一般釀水果酒的方法，連同鹽、糖、甘草把橄欖做成橄欖酒。

2.三個月後濾出酒醪分別裝瓶。

3.每一瓶泡一支新鮮迷迭香約十至十五公分長，密封後約二星期可飲。

【芹菜酒】

芹菜泡米酒或高粱都很香，既能行氣袪濕降壓，又不會因芹菜吃得太多影響男子氣概。

我們平常吃芹菜，只知道吃莖，卻不知芹菜葉的維他命C含量比莖高出四、五倍，吃芹菜時把葉子丟棄，實在很可惜。我曾試著把芹菜葉子剁碎炒蛋，雖然芹菜的香氣配雞蛋香味很棒，但是吃到嘴裡喉頭有苦味，這種苦味不像苦瓜會苦後回甘，炒出來小孩子絕對不吃，大人也不太捧場，害得我這個芹菜炒蛋的發明人，一餐飯吃了五、六個雞蛋。

芹菜能降血壓，所有降血壓的蔬菜湯都少不了芹菜，除此之外，還有平肝清熱、祛風利濕、提神醒腦的功能。但是男人不能吃太多芹菜。我和一個朋友都喜歡吃芹菜餃子，他太太又是烹飪高手，有一回出國把他一人留在家裡，包了近千個芹菜餃子，等到老婆回來他已經面黃肌瘦了，檢查身體出現低血壓，精子數也降到不易受孕的數量以下，我被他太太罵：「妳出什麼餿主意，辛辛苦苦做得半死包這麼多的餃子，害我老公還差點變太監。」還好後來兩個月沒吃芹菜又恢復正常了。

古早鄉下人醃豆醬時，放一些芹菜在醃漬食物中增加香氣的作法由來已久，當然也有人試著泡芹菜酒。芹菜泡米酒或高粱都很香，既能行氣袪濕降壓，又不會因芹菜吃得太多影響男子氣概。

泡芹菜酒廢物利用，找一個漂亮的玻璃瓶，放一把芹菜葉子在裡面，嫩綠的葉子漂浮在水中賞心悅目，喝在口裡清香甘醇。

美容香花酒之三十◎芹菜酒

◆材料：芹菜一把（只留葉子，無論老嫩都可用）、酒一瓶（米酒、高粱、大麴等蒸餾過的糧酒都可以）。

◆作法：1.芹菜葉洗淨晾乾。

2.確定沒有水分後全部塞入瓶中。

3.二星期後用紗布包裡絞出酒汁，再倒回瓶中。

4.找幾片漂亮的芹菜葉（裝飾用）放入酒裡。

◆訣竅：喜甜可放少許冰糖，或飲用時加蜂蜜。

【辣椒酒】

受了風寒或輕微感冒時，喝一杯辣椒酒發一身汗就好了。
如果筋骨痠痛、扭傷，把辣椒酒點火燃燒揉搓患部可幫助復元。

以前做紫蘇葡萄酒，把整棵紫蘇泡在酒裡，看起來好漂亮，於是又用薄荷、迷迭香等草本植物泡了各種美麗的觀賞酒。後來在美國逛超市，看到老外泡辣椒紅綠相間更美麗，便興起了做辣椒酒的念頭。

辣椒為茄科一年生草本植物，高度可達一公尺，原產地為南美洲。相傳是哥倫布把種子帶回西班牙，由西班牙經印度傳到中國。辣椒葉與果實都可食用，一般以果實為主。在中國，湘川地區食用辣椒最普遍，其次是東北，西北和青康藏高原，因為辣椒性味溫辣有禦寒作用。

辣椒藥用可內服可外敷。外敷治療風濕及凍瘡，因為辣是觸覺而非味覺，敷在皮膚上也有灼熱感，並非只有舌頭的味蕾才能感受到。辣椒內服可以開胃、健胃，也作為治療感冒的發汗劑。

辣椒酒的顏色不像辣椒一樣鮮紅，而是清澈透明的淺橘色，泡辣椒酒可以用新鮮辣椒。冷天時受了風寒或輕微感冒時，喝一杯辣椒酒從內熱到外，驅走寒氣，發一身汗就好了。如果筋骨痠痛、扭傷，把辣椒酒點火燃燒，用手沾火中的酒揉搓患部可幫助復元。

美容香花酒之三十一◎辣椒酒

◆材料：辣椒、高粱酒。

◆作法：1.用一個廣口可密封的罐子，將辣椒排列整齊於罐中。
2.排好後把高粱酒慢慢倒入罐中，倒滿後封罐，約三個月後可飲辣椒酒。

◆訣竅：可用紅綠辣椒穿插排在一起，泡好後大部分的人都會捨不得喝。

左手香酒

左手香，用途很廣，日常生活中內外雜症或五臟六腑的不適都可以治，民間稱為藥王。

左手香有藥王之稱，對於日常生活中的小病痛，發炎、潰瘍、胃脹、咳嗽都有效。我和兩個女兒都是胃寒型體質（其實現代人很多人都會胃寒只是自己不知道，如果吃了冰會想吐，泛胃酸都可能是胃寒引起），受了涼肚子痛，有時吐有時瀉；小時候媽媽給我喝薑水，但薑水辣辣的，現在很多小孩都不願意喝。有一回在佛教兒童營，小無華受了風寒說肚子痛，老尼師採了幾片毛絨絨的葉子泡在熱水裡，稍涼後溫溫地喝下去，不到半個鐘頭，放了屁就好了。

拿過來聞聞味道，有點像薄荷夾著芹菜的香味，我向師父請教，他說那是倒手香，是一種很容易生長的唇形花科植物，折下一枝種在土裡插在水裡都能活，觀賞藥用兩相宜。

在藥草裡稱左手香、倒手香，中藥稱廣藿香，用途很廣，有清火、消炎、去濕、消腫、利下、利肺、固肝、涼血、止痛等多種療效，日常生活中內外雜症或五臟六腑的小小不適都可以治癒，怪不得民間稱左手香為藥王。

泡左手香酒本來很簡單，只要把葉莖泡在酒裡就好了，但是瓶口太小把葉子塞得破破爛爛的太不美觀。於是我做了一個小小實驗，先找一小株左手香放進瓶裡，以水耕方式種植，養大了把水倒掉，把酒泡進去，成品真的很漂亮。

美容香花酒之三十二◎左手香酒

◆材料：小株左手香一枝（可採葉尖，只要有三、五片葉子即可）、燒酒一瓶。

◆作法：1.左手香放入空酒瓶中，然後加水，水不要淹過植株，至少一星期要換兩次水。

2.長到約有十多片葉子後，把水倒掉，瓶子沖洗乾淨（如果常換水，瓶子不會髒）。

3.把燒酒倒入瓶中，瓶口留三公分空隙即成。

4.二星期後可飲，飲時可放少許蜂蜜。

越橘酒

七里香的香味很濃，持久不刺鼻，泡在酒裡，又好看又好喝。

以前一到秋末，桃竹苗地區鄉間的廣場或老厝曬穀場上，常看到農家在曬七里香，微風吹過陣陣飄香，如今，這種景象已難再見。從前茶農把茉莉花、桂花、七里香放在茶葉裡製出不同香味的花茶，我們稱作香片。現在香片以茉莉花為正宗，桂花轉向酸梅湯、甜酒釀、桂花糕等甜品發展，七里香似乎被人們遺忘了，偶爾還有人把唇形花科的百里香誤作七里香。

芸香科的七里香學名越橘（一作月橘），是檸檬、橘子的兄弟姊妹。傳統四合院常栽種七里香當作樹籬，夏天開白色小花，一簇簇香傳數里，故名七里香。七里香有消炎、鎮痛和促進血液循環的功效，在中藥裡用作治療月經失調，或當作引產劑；葉子有檸檬香味，印度人在烹調咖哩時會放幾片新鮮的七里香葉子。這一兩年流行在橄欖油、葡萄籽油裡放些香料，也有人把七里香葉子泡在油裡。

我對於白色的香花特別鍾愛，無論是茉莉花、梔子花、玉蘭花、野薑花……當然也有七里香。七里香的香味很濃，也許有些人不喜歡，但是少少放幾朵來泡酒，不但香味持久，聞起來也不刺鼻。有些味道濃烈的花草泡酒，混合了酒香味道反而會變得怪怪的，像紫蘇酒就是好看不好喝，七里香的葉子、樹皮都香，花朵又是簇生在樹梢，只要摘下一枝，泡在酒裡，又好看又好喝。

美容香花酒之三十三◎越橘酒

◆材料：七里香一枝約三五片葉子、五至八朵花；蒸餾過的糧酒（米酒、米酒頭、高粱、大麴皆可）約六百至七百五十西西。

◆作法：將七里香的葉子和花直接塞入酒瓶中。泡二個星期，花瓣變成透明淺黃色、酒色變淡綠後可飲。

◆注意：越橘酒有一點辛辣味，適合秋冬飲用，吃海鮮配此酒也很棒。

◆妙方：煮白灼蝦時可用泡過酒的越橘作料酒，不但去腥還有淡淡香味。

秋天的燥氣使女人容易老化，喝竹葉青可以幫助血行順暢，經痛、頭痛都能減緩又保青春。

【竹葉青】

古人云但願食有肉，亦願居有竹，兩者若兼得，人生應知足。食有肉是滿足口腹之慾，居有竹則是提高精神生活，與松梅並列為歲寒三友的竹子，除了和松梅一樣有很高的藥用價值外，竹子在我們日常生活中更占了很重要的地位。小如牙籤、筷子，大至籮筐、竹筏……生活中幾乎是不可一日無竹。

每年到了秋老虎的季節，地表吸收了一整個長夏的熱氣，秋高氣爽雲層薄，太陽毒，天地間的燥氣也最傷肺氣。肺主皮毛，肺不潤反應在皮膚頭髮上就乾燥枯黃，看起來憔悴又蒼老。所以我採些竹心煮水當茶喝，潤肺降火預防老化。

同為歲寒三友，梅子釀酒有青梅酒、烏梅酒，松泡酒有松葉酒、松子酒，竹葉泡酒更是有名，即大名鼎鼎的竹葉青。竹葉青是主要原料未蒸餾的米酒，不像松子酒、松葉酒是用燒酒泡的。米裡的澱粉分解成糖，竹葉青不但不烈，還有淡淡的甜味，配著竹葉的清香，很容易下口，也適合女人喝。

秋燥傷陰，秋天的燥氣使女人容易老化，女人行經時有血火，竹葉降火，喝竹葉青可以幫助血行順暢，經期中或秋天喝小小一杯，經痛、頭痛都能減緩又保青春。

美容香花酒之三十四◎竹葉青

◆材料：竹葉中間的嫩心一把約三十支、未蒸餾過的米酒（酒釀）約七百五十西西。

◆作法：將竹葉嫩心泡入酒釀中約二星期即成。

◆訣竅：秋天或經期可飲，如火氣太大也可以加十朵八朵杭菊花一起泡。

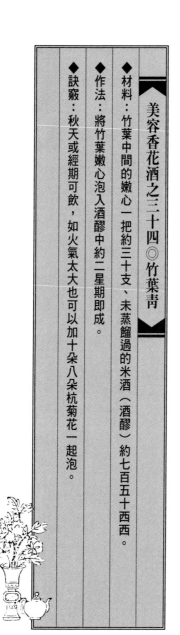

【覆盆子酒】

西方常見的水果酒中，有很多酒是以覆盆子酒作酒母，功能角色一如中國傳統釀酒中的米酒及甜酒釀。

釀酒的兩大系統即為西方的水果酒和中國傳統的五穀雜糧酒，葡萄酒和覆盆子酒不但是基礎的入門酒，也廣受東西方各民族的喜愛。傳說西方的葡萄酒是修士發明的，我釀葡萄酒的方法也是從神父那學來的。覆盆子跟葡萄一樣，在中世紀的修道院中，很多修士都會釀覆盆子酒。

覆盆子就是長得很像桑椹的小藍莓，也稱作黑莓。屬於薔薇科灌木，所以樹枝上有軟刺。覆盆子味道鮮美多汁，剛結果時為鮮紅色，熟透了變成深紫紅色，在西點裡常用覆盆子果醬做綴飾。覆盆子含豐富鐵質，有補血功能，中醫用來治療腎臟病和尿遺症，懷孕後期用曬乾的樹葉泡茶，可增強子宮及骨盆肌肉。

覆盆子可從果汁中抽取紅色染料，所以在釀蘋果香檳及梨香檳酒時，用覆盆子酒作酒引子，有添色作用。西方常見的水果酒中，也有很多酒是以覆盆子酒作酒母，功能角色一如中國傳統釀酒中的米酒及甜酒釀。

中國大陸、日本及歐美都出產很多覆盆子，在台灣的產量較少。西方的覆盆子酒是用傳統水果酒的方法釀造，中國傳統的覆盆子酒則添加相同比例的四物湯，成為複方酒。

美容香花酒之三十五◎覆盆子酒

◆材料：覆盆子一斤、冰糖四兩、酒麴一個。

◆作法：1.覆盆子放入酒缸中，冰糖用小火煮化後倒入酒缸中。

2.待水溫低於攝氏四十度，將碾碎的酒麴撒入酒缸中，封好，約六星期可拆封飲用。

◆特殊療效：覆盆子的複方是女人的一大補品，現在很多小女孩月經來得很早，因為卵巢、子宮發育不夠成熟，常常會有經痛現象。不妨泡些四物覆盆子酒給她們平常時候喝，只要每天一小杯約三十西西即可。長期保養，勝過臨時吃藥看醫生。

【木天蓼酒】

據說貓很喜歡吃木天蓼的果實，吃後會陶然忘我，且能治病，又稱貓的靈芝草。

古有「木蓼為燭，明如胡麻。「地丁葉嫩和嵐採，天蓼新芽入粉煎。」的詩句，可見木天蓼是一種極常用常見的植物，果實、新芽可食，種子可做燭。木天蓼是什麼？現在到中藥店、青草店都問不到，翻書尋找近十年出版的藥用植物書籍裡也沒有，但是二、三十年前的書中木天蓼有圖有文。

木天蓼屬獼猴桃科，為蔓狀木質落葉灌木，花白色，花形與梅花相似，又稱夏梅；果實成熟為紅色，有特殊香味，微甜略帶辛苦。據說貓很喜歡吃木天蓼的果實，吃後會陶然忘我，還會流口水，且能治病，所以又稱貓的靈芝草。在美國有些人家種一種粗蔓藤的樹籬，看起來很像木天蓼，但不能確定，後來有一次看到貓爬在樹間吃果子，我也摘一顆來吃，有點辛辣有點苦，苦中帶甜，我猜大概是木天蓼。

木天蓼做酒可以加糖加酒麴自己釀造，也可以直接用酒浸，春天是加州的雨季，天氣濕冷，我就釀了一些木天蓼酒存起來，天冷時喝一點就不怕冷了。

美容香花酒之三十六◎木天蓼酒

◆材料：木天蓼果實五斤、冰糖二斤、酒麴一個。

◆作法：1.冰糖加水小火煮化。

2.將冰糖水及木天蓼果實混合放入酒缸中。

3.待溫度稍涼，把碾碎的酒麴撒入，封缸，約二三個月後可飲。

◆特殊療效：木天蓼可以增強體力、消除疲勞、恢復青春活力，冬天吃了不怕冷。

書香伴酒香
「全民釀酒運動」起跑！！
書香伴酒香
「全民釀酒運動」起跑 !!
凡購買本社《喝自己釀的酒》任三冊，憑本頁截角三枚，附回郵信封十元，寄回台北縣中和市中正路800號13樓之3「INK印刻出版公司」，即可獲得酒麴一枚。讓您可以依照本書的指導，釀出您個人專屬的品味好酒。

MAGIC 006

INK PUBLISHING

喝自己釀的酒——壯陽酒、美容香花酒

作　　者　王莉民
總 編 輯　初安民
責任編輯　黃筱威
內頁設計　張盛權
美術編輯　許秋山
校　　對　鄭秋燕　王莉民　黃筱威　陳思好

發 行 人　張書銘
出　　版　INK印刻出版有限公司
台北縣中和市中正路800號13樓之3
電話：02-22281626
傳真：02-22281598
e-mail:ink.book@msa.hinet.net
法律顧問　林春金律師

總 代 理　成陽出版股份有限公司
業務部／訂書電話：02-22256562　訂書傳真：02-22258783
訂書地址：台北縣中和市中正路800號11樓之2
e-mail：rspubl@sudu.cc
網址：舒讀網http://www.sudu.cc
物流部／電話：03-3589000　傳真：03-3581688
退書地址：桃園市春日路1490號
郵政劃撥　19000691 成陽出版股份有限公司
門市地址　106台北市新生南路三段96-4號1樓
門市電話　02-23631407
印　　刷　海王印刷事業股份有限公司

出版日期　2003年2月 初版
2006年3月10日 初版三刷
ISBN 986-7810-34-1
定價　180元

國家圖書館出版品預行編目資料

喝自己釀的酒：壯陽酒、美容香花酒
／王莉民 著.－－初版，－－臺北縣中和市：
INK印刻，2003〔民92〕面；　公分

ISBN 986-7810-34-1（平裝）
1.酒-製造

463.81　　92001133

INK